KB115328

네르가시아 장편소설

FUSION FANTASTIC STORY

다시 무왕연대기

도시 무왕 연대기 3

네르가시아 장편소설

초판 1쇄 찍은 날 § 2015년 11월 6일
초판 1쇄 펴낸 날 § 2015년 11월 13일

지은이 § 네르가시아
펴낸이 § 서경석

편집책임 § 이재림

펴낸곳 § 도서출판 청어람
등록번호 § 제387-1999-000006호
등록일자 § 1999. 5. 31
어람번호 § 제1-2281호

주소 § 경기도 부천시 원미구 부일로 483번길 40 서경B/D 3F (우) 14640
전화 § 032-656-4452   팩스 § 032-656-4453
http://www.chungeoram.com
E-mail §chungeorambook@daum.net

ⓒ 네르가시아, 2015

ISBN 979-11-04-90506-3 04810
ISBN 979-11-04-90445-5 (세트)

네르가시아 장편소설

도시무쌍연대기

FUSION FANTASTIC STORY

목차

외전. 난초

　서기 1382년, 명의 주원장은 원의 잔당과 그 휘하의 호족들을 숙청하고 통일왕조를 이룩했다.

　그해 말, 정파무림맹은 사파 거두 임치림과 녹림왕 역무치를 제거하고 정도무림의 시대를 구축했다.

　그 후 명 조정은 정파무림맹주 남궁정윤을 대형의 벼슬에 올리고 그 세력을 바탕으로 명교의 남은 잔존세력 척결을 명했다.

　그로 인해 무림맹 구파일방은 화경급 고수 20인과 정파무림맹 후지기수 40인으로 척결대를 구성했다.

늦겨울, 명나라 서북부 국경지대에 60인의 사파 척결대가 모습을 드러냈다.

휘이이이잉—!

황량하고 마른 바람이 척결대장 남궁성하의 얼굴을 스치고 지나간다.

"춥군."

사실, 화경의 경지에 오른 고수라면 한서불침의 몸이 되기 때문에 추위와 더위에 강한 내성을 지닌다.

하지만 그는 이 황량한 서부 사막지대의 겨울 바람이 품고 있는 서늘함에 몸을 떨 수밖에 없었다.

그의 곁에서 말을 몰고 있던 아미파 서림화가 그에게 말했다.

"아마 십 년 전 떼죽음을 당했던 정도무림맹 무사들이 원혼을 함께 실어 보냈기 때문이겠지요. 그래서 바람이 이렇게 찬 게 아니겠습니까?"

"훗, 그대는 시적인 사람이구려. 사부를 그리워하는 마음에서 나온 것이오?"

무림의 절세가인이자 철혈검화로 불리는 서림화는 서예와 묵화에 정통하여 그 명성이 고려를 넘어 왜에까지 닿은 인물이다.

그런 그녀의 섬세함은 이루 말할 것도 없으리라.

하지만 오늘 그녀가 10년 전의 사건을 들먹이는 것은 그저 사부에 대한 그리움 때문만은 아니었다.

"몰살입니다, 몰살. 몰살 앞에 어찌 시라는 말을 붙이십니까? 천하랑, 그 천하의 악귀가 벌인 골육상잔을 벌써 잊은 것은 아니시겠지요?"

"…골육상잔, 내가 그걸 어찌 잊겠소?"

10년 전, 북해빙궁에서 벌어졌던 싸움으로 인해 정파무림맹의 수많은 아들과 딸이 죽었다.

수많은 후지기수들이 북해빙궁에서 목숨을 잃었고, 그중에는 남궁정윤의 장남 남궁성진과 그 동생 넷이 함께 있었다.

남궁성하는 그 해에 큰형을 비롯하여 다섯 명의 형을 줄줄이 잃어버렸다.

그는 시신도 찾지 못한 형들의 장사를 치르면서 울화통이 터져 죽은 어머니의 얼굴을 똑똑히 기억하고 있다.

말고삐를 잡은 남궁성하의 눈에서 푸른 안광이 번뜩거렸다.

"…잊을 수 있을 리가 없잖소? 나와 아버지는 그놈들의 잔악한 술수에 의해 한순간에 주저앉은 집안을 일으키려 조정에 몸을 팔았소. 아시겠소? 검과 붓은 함께할 수 없지만 우리 부자는 원수를 갚기 위해 붓 앞에 칼날을 부러뜨려 놓았소."

정도무림맹은 지금까지 단 한 번도 조정의 붓놀림에 좌지우

지된 적이 없었다.

물론, 안산파주의 주도 하에 치러졌던 북해토벌전은 명나라 조정과 잠시 손을 잡긴 했었으나 그것은 대의명분을 더하기 위한 책략에 불과했다.

또한 지금까지 그 어떤 문파의 장문인도 조정의 녹을 먹겠다고 스스로 무릎을 꿇은 적이 없었던 것이다.

하지만 남궁세가는 그 불문율을 깨고 스스로 고개를 조아리고 대형의 칭호를 얻어 정도무림맹주가 될 수 있었던 것이다.

사람들은 남궁세가가 붓과 손을 잡은 파렴치한이라고 욕하고 있지만, 남궁성하는 파렴치한이라는 소리를 오히려 즐기겠다고 마음먹었다.

그런 그가 10년 전 북해토벌전에서 벌어졌던 참극을 잊을 수 있을 리가 없었다.

"…제가 괜한 소리를 했군요."

"아니오. 그대에게 오해를 일으켰던 내 언사가 문제가 있었던 것이겠지."

언제나 미소를 머금고 사는 남궁성하에게 이런 면이 있을 줄은 꿈에도 몰랐던 서림화는 붉은 두 입술을 살짝 포갰다.

그녀의 이런 행동은 아마도 철면피에 파렴치한으로 알려졌던 그에게서 의외성을 발견한 것으로 인하여 마음이 조금 동했기 때문일 것이었다.

"아무튼 이번 원정에서 좋은 성과를 이루었으면 좋겠군요."

"나 역시 그렇소."

서림화가 자신의 속내를 감추며 괜히 말을 돌리는 동안 토벌대의 첨병 부대가 본대로 돌아오고 있었다.

파바바바밧!

사천당문의 후지기수 당명하가 당문의 고수 네 명을 데리고 명교의 본거지를 탐색하고 온 모양이었다.

"단주, 놈들의 근거지를 찾았습니다."

"…천태는 거기에 있었소?"

"없습니다. 아무래도 폐관수련에 들어가 아직 나오지 않은 것 같습니다."

"후후, 호랑이가 집을 비웠군. 남은 조무래기들이야 콧바람만 불어도 나가떨어질 것들이지."

"어떻게 할까요? 지금 급습합니까?"

남궁성하는 살며시 고개를 끄덕였다.

"갑시다. 놈들을 쓸어버리는 것이오."

"…명을 받듭니다."

60인의 토벌대는 각자의 원한을 갚기 위해 칼을 들었다.

*   *   *

늦은 밤, 명교교주 천태의 본가에 60인의 고수들이 급습하여 살육을 벌였다.

촤라라락!

"크허어억!"

"죽어라, 이 잔악한 마도들아!"

정도무림맹 휘하 명교 토벌대는 천태의 집에 있는 생명체라면 동네 개까지 모조리 도륙을 냈다.

노인, 아이, 아녀자, 불구할 것 없이 눈에 보이는 족족 전부다 학살하고 있었던 것이다.

천태의 5남이자 현 당주인 천하준은 가솔과 가신, 그리고 그 휘하의 모든 시종들을 대피시켰다.

"어서 토굴로 향하거라! 시간이 없다!"

"하, 하지만 도련님! 도련님이 돌아가시면 작은 도련님은 어떻게 하고요!"

천하준은 자신의 7살배기 아들 천무혁을 바라보며 입술을 짓깨물었다.

"…별수 없지 않나? 나 하나 죽어서 해결될 문제라면 기꺼이 목숨을 버려야지."

"하나 도련님이 그러신다 하더라도 저들이 작은 도련님에게까지 마수를 뻗지 않는다는 법은 없잖습니까! 차라리 일말의 시간이나마 저희들과 함께하시지요! 고기 방패로는 질긴 저희들이 더 낫지 않겠습니까!"

그는 고개를 가로저었다.

"아닐세. 아버님의 영전에 먹칠을 할 수야 없지 않겠나? 어서 가게!"

"도련님!"

"어서!"

천가의 집사 익수는 천하준의 말에 눈물을 머금고 가솔들을 이끌고 천교정 후원으로 향했다.

"도련님, 불충을 용서하십시오!"

"어서 가게!"

익수가 가솔들을 이끌고 후원으로 넘어가는 그 순간, 한 줄기 빛이 내려왔다.

째엥!

그리고 그 빛은 비수가 되어 천하준의 심장을 관통했다.

서걱!

"크헉!"

"도련님!"

"쿨럭, 쿨럭! 어서 가게!"

"흑흑, 아버지!"

"무혁아, 할아버님과 백부님들의 영전을 반드시 지켜라! 알겠느냐!"

"아버지!"

"꼭이다, 꼭 지켜야 한다!"

천하랑을 비롯한 천태의 아들 네 명의 영전을 끌어안은 무혁은 어린 발걸음을 재촉했다.

"흑흑! 제가 꼭 복수하겠습니다! 꼭!"

"…그래, 훗날 네가 우리 집안의 복수를 해주어라. 내 마지막 유언이다."

이윽고 정파무림맹의 고수 네 명이 천하준의 목덜미로 칼을 들이밀었고, 그는 혼신의 힘을 다하여 권을 뻗었다.

"마권장!"

퍼엉!

그로 인해 화경의 경지에 오른 네 명의 고수가 뒤로 쭉 밀려났고, 덕분에 피난 행렬은 굳은 철문 뒤로 몸을 숨길 수 있었다.

"큭! 아무리 호랑이 새끼라도 아비의 흉내쯤은 내는 법이구나!"

"…그 호랑이 새끼에게 오늘 네놈들의 목덜미가 아주 너덜너덜해질 것이다!"

이제 남은 것은 천하준의 죽음 뿐, 그는 살며시 눈을 감았다.

'하랑 형님, 하문 형님, 하제 형님, 하태 형님, 이 막내가 갑니다!'

눈을 감은 그에게로 서림화가 검을 뻗었다.

"죽어라!"

"흥! 이렇게 죽을 바엔 함께 죽겠다!"

우우우우우웅―!

그는 심장에 응축시켜놓았던 진기를 일순간에 폭발시키려 두 손을 대 자로 뻗었다.

"하하하!"

"이런 빌어먹을⋯⋯!"

콰앙!

그리고 그의 심장을 뚫고 나온 혈액과 육편이 화경의 고수들을 덮쳤다.

                *   *   *

천태의 본가 천교정의 후원.

이곳은 만년한철로 다져진 철문이 토굴을 막아선 철의 요새다.

하지만 화경의 고수가 포함된 정파무림맹의 파상공세를 언제까지 버틸 것 같아 보이진 않았다.

쿠웅, 쿠웅, 쿠웅…!

이제 천하준을 대신에 가주가 된 천무혁은 이를 악물고 흔들리는 철문을 바라본다.

"…난, 죽음이 두렵지 않다. 집사는?"

집사 익수는 그런 무혁이 대견한지 주름인 눈가를 반달로 만들었다.

"도련님, 아마 천 교주님께서 보신다면 아주 대견해하실 겁니다."

"…하랑 백부님은?"

"아마 청명검께서도 아주 흡족해 하실 겁니다."

"그럼 되었어……."

그는 천하삼대검 천하랑을 가슴 속 영웅으로 품고 사는 소년이었다.

그렇기 때문에 익수의 대답에 목숨을 버릴지언정 저들의 앞에 무릎을 꿇지는 않기로 결심했다.

'나는 청명검의 칭호를 이어받을 것이다! 고로, 너희들에게 무릎을 꿇지 않아!'

굳은 의지를 품은 이 작은 소년의 앞에 드디어 검은 그림자가 그 모습을 드러냈다.

쿵쿵, 콰앙!

"거참, 더럽게 단단히 동여매어놓았군."

"당문……!"

"오늘 한번 독으로 목욕을 해보겠어? 머리부터 발끝까지 서서히 썩어가는 느낌이 무엇인지 깨닫게 될 것이다."

"…닥쳐라! 이 도적놈들!"

"큭큭, 저놈은 또 뭐야?"

그는 초롱초롱한 눈으로 자신의 앞을 막아선 천무혁을 바라보며 실소를 흘린다.

"참나, 이 집안은 한낮 개새끼부터 애새끼까지 독하지 않은 놈들이 없군. 하기야, 그래서 명교천하를 외치고 다녔던 것 아니겠어?"

"죽어라!"

천무혁은 천하랑이 여섯 살 생일 때 선물했던 단도를 꺼내 들었고, 그것으로 당문 고수의 심장을 노렸다.

팟!

하지만 그 검은 허무하게 빗나갔다.

챙!

"크윽!"

"이런 미친 꼬맹이를 보았나? 당랑거철, 달리는 수레 앞에 선 사마귀가 얼마나 멍청한 놈인지 깨닫게 해주마!"

그는 천무혁의 멱살을 틀어쥐었고, 익수는 그런 그의 발을 붙잡았다.

"아이고, 이 망할 놈아! 어린 도련님을 놓지 못하겠느냐!"

"닥쳐라, 할배!"

촤락!

"크흑……."

"집사!"

"킄킄킄! 할배의 피로 목욕을 하니 어때? 기분이 좀 상쾌해?"

"개자식! 죽여서 포를 떠버리겠다!"

"할 수 있다면 해보시지."

당문의 고수가 조그만 무혁의 머리에 비수를 드리웠지만, 그는 눈 하나 깜짝하지 않았다.

"죽여라! 어서 죽여라!"

"이놈 보게… 진짜 물건인데?"

일순간 살수의 눈에는 이채가 서렸고, 바로 그때였다.

핑―

"으음?"

고개를 갸웃거리는 살수, 하지만 그의 목은 채 1초도 지나지 않아 바닥에 떨어졌다.

푸하아아아악!

"어, 어푸……."

피를 한 바가지나 뒤집어쓴 무혁의 몸이 바닥으로 떨어져 내리자, 그 뒤로 엄청난 양의 진기가 폭발을 일으켰다.

쿠르르르릉, 콰앙!

"뭐, 뭐야, 무슨 일이 일어난 거야!"

흙먼지가 자욱한 후원, 그곳으로 한 노인이 적색 구름을 타고 모습을 드러냈다.

"천가의 후원에서 이게 뭐하는 짓들인가? 치기가 머리끝까지 올라 백회를 뚫고 나왔구나."

"처, 천태!"

무림 어딘가에 칩거하며 폐관수련에 들어갔다고 전해졌던 천태는 어처구니없게도 자신의 집 후원에 들어앉아 무공을 연마하고 있었던 것이다.

"하, 할아버지?"

"네가 하문의 아들 무홍이더냐?"

"아, 아닙니다. 저는 무혁입니다. 아버지, 하준의 아들이지요."

천태는 그제야 무혁이 자신의 막내아들이 낳은 손자라는 사실을 인지했다.

"으음, 어쩐지. 독한 기질이 딱 지 아비를 닮았다 했어."

"……"

"아무튼 다들 어디로 가고 어린 너 혼자 남았더냐?"

무혁은 천태의 앞에 털썩 무릎을 꿇었다.

"죄송합니다, 할아버지! 백부님들과 아버지는 이미 고인이 되어버렸습니다!"

"…이런 천인공노할 일이!"

"저는 아버지의 희생으로 이 자리에 있습니다. 죽이신다면 죽겠습니다!"

천태는 실소를 머금는다.

"고놈 참, 어린 시절 하랑을 보는 것 같기도 하고, 하준이를 보는 것 같기도 하구나. 옳다구나, 너라도 살아남았으니 천하의 복이 아니겠느냐?"

천태는 무혁에게 등을 내밀었다.

"업혀라. 이 할아비와 함께 서역으로 가자."

"…서역이요?"

"내 아들이 모두 다 죽었다는 것은 이미 우리에게 미래가 없다는 것 아니겠느냐? 서역으로 건너가 집안을 다시 꾸리자꾸나."

"예, 할아버지."

그는 천태의 등에 업혔고, 천태는 이미 주검으로 변해버린 가솔들들 바라보며 분노의 숨결을 내뱉었다.

"…내 아들들을 죽인 것으로 모자라 천가의 가솔들까지 전부 다 도륙을 내다니. 이는 피로서 갚아도 모자랄 죄로다."

"저, 저, 저 괴물이……."

스릉!

천태는 자신의 소매춤에서 불에 활활 타오르고 있는 화열검을 뽑아들었다.

화르르륵!

"천마조사의 불길이 너희들을 단죄할 것이다. 죽음으로 속죄하라!"

콰앙!

무림 초일류 고수이자 화열검의 주인인 천태의 일수가 뻗어나가자 정도무림맹 고수들은 일일이 도륙이 나기 시작했다.

1. 정명회

혹한이 완연한 레나강 중부.

이곳은 이미 눈부신 설경이 펼쳐져 있었다.

봄기운이 만들어냈던 수풀들은 어느 새 자취를 감추었고, 오로지 눈과 혹한만이 가득한 얼음 왕국이 도래한 것이다.

태하는 계획을 실행하러 가기 전 이곳의 지하, 고대의 북해 빙궁이 잠들어 있는 곳을 찾아왔다. 그리고 그는 대빙전과 대서고를 오가면서 계속해서 무언가를 제조하고 있었다.

부글부글―

태하는 실험용 비커에 푸른색 용액을 집어넣고 그 농도를 맞추고 있었다.

"이 정도면 될까?"

"헥헥……?"

그는 며칠 전부터 북해빙궁에 머물며 청기의 정수를 뽑아내고 있었다.

청기의 정수는 금강석과 함께 북해빙궁을 대표하던 교역품인데, 그 인기는 동북아시아는 물론이고 서역과 아라비아까지 뻗어나가 있었다.

그 당시 서역과의 교역은 꽤나 활발하게 이뤄지고 있었는데, 북해빙궁의 존재는 상인들에게 똑똑히 각인되어 있었다.

하지만 명나라 대에 들어서 그 명맥이 끊어져 역사 속에서 북해빙궁이라는 이름이 사라지게 된 것이다.

비록 그 명맥이 끊어진 북해빙궁의 교역품이지만 아직까지 그 물품들이 살아 있다.

창고를 가득 채운 각가지 보석들과 영약들도 충분히 가치가 있지만 태하는 청기의 정수에 주목했다.

청기의 정수는 일종의 해갈 음료인데, 북해빙궁의 지하에서 추출한 만년빙에 북해청수라는 특이한 비법을 사용하기 위한 물건이다.

대략 1~2도 가량 온도를 낮춰주는 이 청기의 정수는 그저 한 모금 머금는 것만으로도 사막에서 쓰러지지 않고 버틸 수 있을 정도로 뛰어난 해갈 효과를 가지고 있다.

게다가 특유의 청량함도 가졌기 때문에 사막에서 생활하는 사람들에겐 거의 필수품이나 마찬가지였다.

그 옛날, 고비사막 비단길을 지나던 상인들은 이것을 물 대신 가지고 다니면서 마실 정도로 인기가 좋았다.

아직 해상 기술이 발달하지 않았던 명나라 대의 상업 성향에 비춰보았을 때, 북해빙궁 수입원 중 가장 큰 비중이 아마 청기의 정수가 아닐까 생각하는 태하였다.

그는 당시의 청기의 정수를 지금 복원시켜 '히트 프로젝트'라는 이름으로 판매할 생각이다.

그 당시에는 정수에 딱히 섞을 만한 향신료가 없었기에 배즙이나 설탕물을 섞어서 팔기도 했으나, 지금은 무궁무진한 변화를 꾀할 수 있다.

이를 테면 세계적인 스포츠 음료회사인 포카리스웨트나 파워에이드가 그러하듯, 전해질 하나로 엄청나게 다양한 음료수를 뽑아낸 것처럼 말이다.

태하는 청기의 정수를 제조하는 한편, 여기에 에너지 드링크처럼 체력을 회복시킬 수 있는 묘안을 떠올렸다.

그렇게 되면 적당히 체온을 낮춰주면서 체력까지 회복시키게 되는 셈이니, 오히려 전해질이 든 스포츠음료보다 훨씬 더 좋은 효과를 지니게 되는 것이다.

하지만 그 농도를 맞추는 일이 생각보다 쉽지가 않았다.

"젠장, 계량에 대한 매뉴얼이 없어 힘들군. 뭔가 방법이 없을까……?"

"헥헥……."

히트 프로젝트를 성공시키기만 한다면 미국과 영국계 뒷돈을 만지는 세력을 벗어나 온전한 사업체로 등극할 수 있게 된다.

그렇게만 된다면 태하가 복수를 이룩할 수 있는 충분한 발판이 될 것이다.

그는 복수라는 단어 하나만 믿고 다시 힘을 내 계량을 시도했다.

"그래, 방법이 어디에 있겠냐? 노력만이 살 길이지."

"헥헥!"

태하는 오늘도 실패를 타산지석으로 삼아 실험을 계속해 나갔다.

                    *   *   *

북해빙궁 서고에 처박힌 지 일주일째.

태하는 드디어 청기의 정수를 만들어 낼 황금비율을 찾아냈다.

청기의 정수에 진기를 녹인 온천수를 대략 9.25 대 1로 섞으면 아주 이상적인 느낌의 음료수가 만들어진다.

그리고 이것을 다시 물과 7 대 1의 비율로 섞으면 적당히 체온을 내려주면서 체력까지 회복되는 효과를 누릴 수 있다.

태하는 완성된 음료수에 알레스카 빙하수처럼 청량한 느낌을 주는 박하와 레몬 등을 섞어 맛을 냈다.

"후루룩!"

자신이 직접 제조한 음료수의 맛을 본 태하는 감탄을 금치 못했다.

스르르릉!

"오오! 심장이 뻥 뚫리는 느낌이군! 너도 한 번 마셔봐!"

"할짝, 할짝……!"

태하는 실버의 입에 청기의 정수를 흘려 넣었고, 녀석은 그 맛을 보더니 이내 이리저리 날뛰며 기쁨을 표현했다.

"헥헥, 헥헥!"

"큭큭! 그렇게 좋으냐?"

"헥헥!"

사람뿐만 아니라 짐승의 입에도 맞을 정도라면 확실히 상품 가치가 있는 셈이다.

이제 이것을 대중의 입맛에 가장 적합하게 계량시켜 판매한다면, 필시 히트 상품이 될 수 있을 것이다.

태하는 이제 이것을 가지고 라일라 일행이 있는 영국으로 향했다.

영국 블루스카이 그룹 본사.

블루스카이의 중역들은 태하가 가지고 온 음료수를 시음하기 위해 이곳에 모였다.

라일라는 태하가 개발한 음료수가 신선한 충격이라며 극찬했다.

"좋군요! 도대체 이런 음료의 레시피는 어디서 개발하신 겁니까?"

"내 외가에서 가지고 온 비법이라고나 할까? 체온을 1~2도 낮추는 해갈 음료를 응용한 것이지."

청기의 정수는 라일라뿐만 아니라 이곳에 있는 모두에게 그 효과를 입증 받았다.

"정말 한 모금 마시는 것만으로도 체온이 내려가는 것 같습니다. 체온이 1도만 내려가도 그 효과는 확실하니, 여름에 팔면 아주 대박이 나겠군요."

"하지만 미국 식품안전청을 뚫기는 쉽지 않을 텐데요?"

라일라는 까다로운 미국 식약청의 인가를 받아내는 일을 떠올리곤 써부터 약간 걱정스러운 눈으로 음료수를 바라봤다.

하지만 이미 태하는 미국 최상류층이자 정치의 핵심인 보네거트 가문과의 친분이 있었다.

본격적으로 그들과 접촉하여 투자를 받아낸다면 나머지 사안들은 알아서 해결될 것이다.

"보네거트 가문과 제휴하여 이것을 론칭할 것이다. 그러니 앞일은 걱정할 필요가 없어."

"그들이 과연 우리와 쉽게 제휴를 맺어줄까요? 아무리 그들이 회장님을 좋게 봤다고 해도 말입니다."

태하는 그들의 앞에 엄지손톱보다 조금 더 큰 다이아몬드 한 줌을 올려놓았다.

"이, 이건!"

"최상급 다이아몬드다. 나는 이것으로 주얼리 브랜드를 만들 생각이야. 알고 있는지 모르겠지만, 보네거트 가문은 보석에 대해 아주 관심이 많아. 세상이 변해도 보석의 가치는 절대로 떨어지지 않는다고 믿기 때문이지."

"흠……."

"게다가 나는 이미 베이얼른 가에서 보석 경매 최고가를 경신했다. 어느 정도 지명도를 얻었다고 볼 수 있지."

실제로 엑트린가의 이름은 보석상인들 사이에선 뜨겁게 회자가 되고 있다. 아마 그가 브랜드를 창립하게 된다면 보석의 유통은 그리 힘들지 않을 것이다.

태하는 라일라와 제프에게 보석상과 음료수 회사, 그리고 물류회사 등을 조직하도록 명령했다.

"지금부터 우리는 보석회사의 기반과 음료회사, 그리고 유통과 물류를 적절히 소화할 수 있는 기업 기반을 갖추는데 주력한다."

"하지만 아직까지 그룹이 불안정해서 자금 유통이 가능할지 모르겠습니다."

"괜찮아. 일단 내가 중국계 투자신탁을 인수할 테니까."

"중국계 투자신탁이요?"

"아파린 투자신탁 말이야."

순간 태하의 말에 장내에 모인 모든 사람이 얼음처럼 굳었다.

"그, 그게 무슨……."

"내가 익히 말했을 텐데? 원래 아파린 투자신탁은 내 아버지의 회사였어. 내가 되찾는 것이 맞지 않겠나?"

"하지만 지금 정명회는 오너가 바뀌었습니다. 그 후계자 역시 어디로 사라졌는지 알 길이 없고요."

태하는 고개를 가로저었다.

"아니, 내 검사 친구의 정보에 의하면 후계자는 지금 서울에 있다. 서울남부교도소에 복역 중인데, 10년 형을 받았다더군."

"…확실한 정보입니까?"

"만약 의심이 간다면 정보통을 총동원하여 알아보던지. 어이, 페르난드."

"예, 보스!"

"얼마 전에 내가 말했던 자료들은 다 준비되었나?"

"예, 그렇습니다."

"그것을 건네줘."

페르난드는 태하의 부하들에게 두 장으로 구성된 자료들을 골고루 나누어주며 말했다.

"설우태, 한국 나이로 20세가 되었습니다. 죄명은 무기 밀매와 마약 관련 법률 위반입니다. 초범임에도 불구하고 특별법에 의거, 가중처벌을 받았지요."

"허, 허억!"

제프와 나탈리아는 자신이 알고 있던 후계자의 얼굴이 확실함을 깨닫는다.

"마, 맞습니다! 이놈이에요!"

"내 말이 언제 틀린 적 있던가? 더군다나 검사가 제시한 자료인데, 당연히 맞을 수밖에."

그제야 태하의 부하들은 자신들의 잘못을 인정할 수밖에 없었다.

"…저희의 생각이 짧았습니다!"

"언제나 잘못은 깨달음으로 바로잡게 되는 법이지."

태하는 앞으로 그들이 어떻게 행동해야 할지 하나하나 지시했다.

"아마도 정명회에서 지금 놈을 찾으려 혈안이 되어 있을 거다. 이대로라면 목숨을 잃는 것은 시간문제야. 나는 놈을 빼돌려서 아파린 투자신탁을 되찾을 것이다."

"어떻게 말입니까?"

"감옥으로 간다."

"가, 감옥이요?!"

"그래, 감옥. 나는 국회의원 김정문을 총으로 쏴 죽인 후에 스스로 감옥에 들어갈 것이다. 그리고 그곳에서 녀석을 데리고 탈출할 생각이다."

라일라를 비롯한 모두가 태하의 계획에 반대했다.

"안 됩니다! 그건 너무 위험합니다!"

"무슨 문제라도 있나?"

"아무리 보스께서 신묘한 능력을 가졌다곤 하나, 어떻게 감옥에서 탈출하신다는 겁니까!"

"지금까지 내가 벌였던 일들은 모두 다 잊은 건가?"

"그건 아니지만……."

"나는 반드시 돌아온다. 물론, 너희의 도움도 필요하겠지만 말이야."

"……"

"나를 믿어라. 나는 불가능을 가능케 만들 것이다."

보스의 결단은 절대적인 것, 부하들은 어쩔 수 없이 그를 따르기로 했다.

"…알겠습니다. 일단 회사를 알아보는 동시에 보스를 지원하겠습니다."

"이제야 말이 통하는군."

제프는 그에게 한 가지 조건을 건다.

"보스, 그럼 하나만 약속해 주십시오."

"뭔가?"

"지금 우리는 보스가 없으면 또다시 혼란에 빠지게 됩니다. 만약 여의치 않게 되면 그냥 혼자서라도 빠져나오십시오. 그 때는 제가 헬기를 동원해서라도 그곳으로 가겠습니다."

"알겠다. 그럴 일은 없겠지만, 만약 상황이 나빠진다면 반드시 혼자서라도 도망치지."

"휴우… 말릴 수 없다면 그렇게 제동이라도 걸어야지요. 약속하신 겁니다."

"물론이지."

태하는 부하들과 약속을 한 후 한국으로 들어갔다.

*　　　*　　　*

철컹!

"아침 식사입니다."

교정의 하루는 아침 일찍부터 사동 청소부가 각 사동에 식사를 넣어주면서 시작된다. 그리고 그때부터 교정의 죄수들은 하루의 본격적인 일과를 준비한다.

3사 5방에 앉은 청년 우태는 약간 설익은 밥에 참기름과 간장을 섞어 식사를 했다.

"우걱, 우걱……."

그는 밥을 먹는 내내 불편한 눈을 연신 비비적거리고 있었는데, 가문 대대로 내려져 오는 문질(門疾) 때문이었다.

대략 15세 전후로 발병되는 이 병은 서서히 눈이 나빠지다가 20대 후반쯤에는 거의 시력을 상실하게 된다.

그의 아버지는 40대 중반쯤에 안구를 이식받아 시신경을 되찾았지만, 지금 감옥에 들어온 우태는 안구 이식을 받을 수 있을 리가 없었다.

때문에 그는 언젠가 자신이 이곳에 수감되었다가 시력을 잃을 것이라고 생각했다.

우태는 이곳 서울남부교도소에 약 6개월 전, 마약 밀매 및 총기류 소지법에 의거한 법률 위반으로 수감되었다.

원래 우태는 화교 출신으로 한국에서 자랐고, 최근에는 중국에서 생활하고 있었다.

그는 중국 정명회의 회장 설공진의 아들로, 원래는 조직에서 도련님 대접을 받았어야 했다.

하지만 얼마 전, 조직이 운영하던 아파린 투자신탁의 운영권이 부두목 영천에게 넘어가면서 내전이 발발했고, 그 영향으로 우태는 다시 한국행을 결정했지만, 그가 한국으로 들어오는 과정에서 마약 밀매와 총기류 불법 반입으로 경찰에 체포되었다.

우태는 자신이 마약을 가지고 있었다는 사실도, 총기류를 밀반입했다는 사실조차 모르고 있었다.

하지만 이미 경찰은 그 모든 증거들을 확보했고 우태는 사법부로 넘겨져 재판에서 10년 형을 선고받았다.

이제 그의 나이 20세, 만으로 따지면 아직 19세를 채 넘기지 못한 상태였다.

한창 대학에 들어가 친구들과 청춘을 누릴 나이에 팔자에도 없는 감방 생활로 10년이라는 세월을 허비하게 된 것이었다.

그러나 10년 동안 감옥 생활을 하는 것은 그에게 그리 큰 대수는 아니었다.

지금 그의 심경을 가장 크게 후벼 파는 것은 다름 아닌 아버지, 설공진 회장의 죽음이었다.

경찰들은 설공진 회장이 교통사고로 인해 사망했다고 했지만 우태는 그가 영천의 손에 의해 죽었을 거라고 짐작했다.

아버지가 자신을 급히 한국으로 보내면서 준 10억이라는 돈과 가문의 인장, 이 모든 것들을 종합해 봤을 때 분명 부친은 스스로의 죽음을 예견하고 있었던 것 같았다.

철컹!

"3사 5방, 개방."

아침 8시경, 수감자들이 생활하는 사동이 하나하나 열리면서 본격적인 일과가 시작된다.

우태는 교도소 목공장에서 일하는데, 요즘은 벌통을 만들거나 가구를 제작하곤 했다.

톱밥을 먹은 지 벌써 반년이 지난 그는 이제 제법 기계를 만지는 솜씨가 많이 늘었다.

위이이이잉—!

재활용센터에서 들여온 재생목을 활용하여 벌통을 만드는 일은 그리 어렵지 않은 작업이다.

하지만 매일 같은 작업만 반복하다 보면 지루하고 힘들다는 생각이 들 때도 많다.

그러나 그는 이 작업들이 자신을 그나마 살려주고 있다고 믿는다.

'그래, 아직은 때가 아니야.'

우태는 언젠가 영천에게 이 모든 수모를 갚아주어야 한다고 생각했다. 그러나 이제 막 사회 초년생 나이에 조직 생활도 제대로 못해 본 그가 과연 영천에게 도전해 이길 수 있을 거라고는 생각하지 않았다.

때문에 그는 이곳에 머물면서 차츰차츰 복수의 칼날을 갈고 있었던 것이다.

한창 작업에 열중하고 있던 우태의 곁으로 한 중년인이 다가왔다.

"도련님, 아침부터 너무 열심히 하시는군요."

"이것도 일이니까."

아침부터 그에게 말을 거는 이 중년남성은 우태의 아버지 설공진의 심복이었던 감녕이다.

감녕은 삼국지에 나오는 무장만큼이나 우직하고 듬직한 사람이었지만 조직의 분열은 막지 못했다.

해서, 그는 설공진이 죽자마자 스스로 범죄를 저질러, 우태와 같은 감옥에 수감되었다.

그는 교도소 내에서 우태를 지켜주고 앞으로 그가 나아가야 할 방향에 대해서 제시해 주고 있었다.

감녕은 그에게 오늘 새로 들어온 소식을 전해 줬다.

"우리 아파린 투자신탁과 연결되어 있었던 에이마르 홀딩스가 누군가에 의해 인수되었다고 합니다."

"에이마르 홀딩스?"

"예, 도련님. 영국계 마피아 제노니스가 운영하는 회사가 바로 에이마르 홀딩스입니다. 그곳이 인수되었다는 것은 제노니스가 누군가에 의해 흡수되었다는 뜻이지요."

"그게 우리에게 무슨 영향을 미치는데?"

"잘하면 지금 우리의 처지를 받아들여줄 수도 있겠지요. 알고 계시는지 모르겠습니다만, 아직 정명회는 완벽하게 통일된 것이 아닙니다. 여전히 도련님을 지지하는 세력이 남아 있습니다. 그들이 가진 지분과 도련님께 남겨진 지분을 합치면 싸움을 걸어볼 만도 하고요."

"흠……."

"만약 그들이 우리가 갖지 못한 무력을 충당해 준다면 판을 엎을 수 있는 기회가 분명히 올 겁니다."

에이마르 홀딩스에 대한 얘기로 시간이 흘러가는 동안 라디오에선 국회의원 김정문의 대국민 담화 소식이 들려왔다.

—…국민을 하나로, 국회의원 김정문의 대국민 담화가 내일 저녁 6시, SBC 아트홀에서 열립니다. 이번 대국민 담화는 자유 토론 형식으로, 각 분야 각 계층 사람들이 모여 김정문 의원에게 궁금한 점을 묻고 답하며 진행됩니다.

수감자들의 작업을 감독하고 있던 교도관이 라디오에 나오는 소식을 전해 듣곤, 이내 가만히 있던 몸을 움직이기 시작했다.

"에라이, 천하에 나쁜 놈! 지들끼리 다 해 처먹으려고 벌인 짓을 담화로 덮겠다고? 지나가던 개새끼가 웃겠다!"

그는 우태와 감녕에게 다가와 지나가는 어투로 묻는다.

"안 그래?"

"예, 예? 뭐가 말입니까?"

"저놈들이 하는 짓 말이야. 말이 되는 소리 같냐고."

"그건 저도 잘……."

"하긴, 중국 짱깨 놈들이 알긴 뭘 알겠어?"

"……."

"작업이나 마저 해!"

눈엣가시 같은 교도관이지만 감녕이 뒷돈을 넣어준 덕분에 이렇게 함께 작업까지 하게 되었다.

그러니 우태는 그저 가만히 그의 얘기를 듣고 있을 뿐이었다.

*   *   *

하루가 지나 SBC아트홀에서 국회의원 김정문의 대국민 담화가 진행될 예정이다.

오늘 담화에는 사회 지도층 인사들을 제외한 100인의 국민이 참여할 예정이며, 담화의 질문 사항들은 전부 생방송으로 방송된다.

스윽, 스윽—

김정문은 방송사 VIP대기실에 앉아 자신의 전속 코디네이터에게 분장을 받고 있었다.

그런데 그의 손이 아까부터 계속해 그녀의 엉덩이 골에 들어가 있었다.

"흠… 요즘 살이 좀 찐 것 같은데?"

"……."

"다이어트 좀 하지?"

그녀는 그의 노골적인 성희롱에도 불구하고 계속해서 분장을 이어나갔다.

"…오늘 분장은 좀 약하게 할까요? 이미지가 강해 보이면 안 되니까요."

"뭐, 좋을 대로 해. 그리고 그전에 엉덩이 밑살도 좀 빼고. 너무 육덕져서 영 만지기가 불편하군."

"……."

두 사람은 이따금 육체적 관계를 주고받는 내연의 관계였지만 최근에는 그의 변태적인 성 취향 때문에 그 관계가 틀어진 상태였다.

하지만 김정문의 코디네이터 자리는 워낙 돈벌이가 좋기 때문에 그녀는 이를 악물고 이 모든 성희롱을 버텨내고 있었다.

그녀의 입장이야 어찌되었건 김정문은 언제든지 그녀를 취할 수 있다고 생각하고 있었다.

"그것 참, 오늘따라 찬바람이 쌩쌩 부는군. 하지만 그러다 침대에 눕혀 놓으면 또 말이 바뀌겠지?"

"…갈 시간이에요. 어서 나가시죠."

그는 자리에서 일어나 대기실을 나서다 말고 그녀의 엉덩이를 손바닥으로 찰싹 때렸다.

차악!

"……."

"하지만 여전히 엉덩이 탄력은 좋아. 누구 말마따나 살아 있네!"

"가시죠……."

그녀는 이를 앙다문 채 그를 방송사 중개 홀까지 안내했다.

김정문의 코디네이터 연미진은 연일 계속되는 그의 성희롱에 신경쇠약까지 걸릴 지경이었다.

'정말이지 소리 안 나는 총 있으면 그냥 확 쏴버리고 싶네.'

매일 꿈속에서 그를 몇 번이고 죽이고 묻어 버리기를 반복하는 그녀다. 만약 귀신이 있다면 그를 잡아갔으면 하고 바라 기까지 했다.

하지만 돈 때문에 그의 곁을 떠나지 못하는 자신을 볼 때면 억장이 무너지곤 했다.

'더러운 세상…….'

그녀의 속이야 어떻든 간에 김정문은 정치판에서 꽤나 역량이 컸기 때문에 대통령이나 한다는 대국민 담화까지 열 수 있었던 것이다.

겉으로 보면 사람 좋아 보이는 미소로밖에 보이지 않는 그의 얼굴을 볼 때마다 연미진은 속에서 천불이 일어났다.

"하하, 안녕하십니까, 안녕하세요."

"의원님, 반갑습니다. 오늘도 역시 인상이 좋아 보이시네요."

"하하, 매일 거울을 보며 연습합니다. 이 좋지 않은 인상을 가지고 얼마나 많은 사람들을 만날지 알 수가 없기 때문이죠. 또한, 저는 상대방은 나의 거울이라고 생각합니다. 내가 웃으면 상대방도 웃게 마련이니까요."

그녀는 고개를 가로저었다.

'아이고, 아주 생 쇼를 하고 자빠졌네. 상대방이 거울이면 평소 잠자리에서 보여준 그 미친 변태 행위는 다 뭐야?'

연미진은 차마 더 이상 상상조차 하기 싫은 장면들은 재빨리 넘기고, 계속해서 그의 생방송 모니터에 집중했다.

"자, 그럼 지금부터 대국민 담화를 시작해 볼까요?"

"박수!"

짝짝짝짝짝!

"하하, 감사합니다, 감사합니다!"

국민들에게 몇 번이고 허리를 숙여 인사한 그는 정중한 자세로 앉아 그들의 얘기를 경청하기 시작했다.

사회자는 자유 토론 형식으로 진행될 이번 담화의 첫 번째 의제로 사회 구조적 모순을 꺼내들었다.

"이번 의제는 사회 구조적 모순입니다. 아시다시피 우리 사회에는 구조적 모순들이 참 많습니다. 이에 대해 의원님께선 어떻게 생각하는지 궁금하군요. 우리 국민들께선 이에 대한 질의를 해주십시오."

"거리낌 없이 질의해 주십시오."

그의 대답이 끝나기 무섭게 한 청년이 손을 들었다.

"의원님, 질문 있습니다."

"말씀해 주세요."

이윽고 자리에서 일어선 그가 김정문에게 물었다.

"이번 공천이 있기 바로 전, 블루문 그룹에서 비자금을 받았다고 들었습니다. 이것이 사실이든 루머든 당은 의원님을 공천했습니다. 분명 국회의원이란 공인으로서 대국민적 시선을 한 몸에 받는 사람입니다. 어떻게 해서 당에선 의원님을 공천한 것이지요?"

처음부터 예리한 질문을 받은 김정문이 미소를 지으며 그 질문에 답했다.

"으음, 우선은 우리 청년의 말씀에 이렇게 되묻고 싶군요. 발 없는 말이 천리를 간다는 말이 있지요. 하지만 발 없는 말이 온전히 달릴 수야 있겠습니까? 뜬소문으로 정계가 흐려진다면 도대체 국민들은 누굴 믿고 의지할 수 있겠습니까?"

"의지할 곳이 없지요. 그래서 요즘 젊은 청년층이 한국을 지옥불반도라고 손가락질하는 것 아니겠습니까?"

"흠, 지옥불반도… 단어가 참으로 무섭기 그지없군요. 그래요, 국민들의 불신이 점점 커져가는 것은 이해합니다. 하지만 정치라는 것이 무릇 현 상황에만 비춰 모든 것을 판단하기가 참으로 힘든 것입니다. 이를 테면 작금에 불거진 청년실업 문제가 어디 대통령 한 사람만의 문제겠습니까? 그렇다고 국회의원들의 잘못일까요? 그건 아닙니다. 이것은 국제 정세와 한국의 정세가 첨예하게 엮이면서 벌어진 사태입니다. 저는 그런 사태를 다잡기 위해 다시 한 번 공천을 받은 것이고요."

"한마디로 의원님께선 지금 당면한 문제들을 풀어 나갈 열쇠를 지고 계시다고 말씀하시는 것이군요?"

"열쇠가 아니라 그것을 만들어낼 수 있는 가능성을 가지고 있다고 당에서 판단한 것이지요."

청년은 꽤나 수려한 언변을 가지고 있는 사람인 것 같았지만, 사실상 김정문의 상대가 되기에는 아직 한참은 멀었다.

연미진은 그런 그들을 바라보며 고개를 가로저었다.

'쯧, 이런 데 함부로 끼어들 시간에 네 자기 개발이나 더 해라. 괜히 이런 말도 안 되는 담화에 끼어 얼굴이나 팔아먹지 말고.'

김정문은 기억력이 상당히 좋고 한 번 당한 것은 무조건 그 이상으로 갚아주는 성격이기 때문에 저 청년은 지금 말 한마디 잘못한 것으로 평생 후회로 가득 찬 삶을 살아가게 될 것이다.

연미진은 저 청년이 지금 이 상황에선 세상에서 가장 불쌍한 사람이라고 생각했다.

그리고 곧이어 또 한 청년이 손을 들었다.

"의원님, 질문 있습니다."

다시 시작되려는 질의, 하지만 사회자는 이쯤에서 맥을 한 번 끊었다.

아마 상부에서 다른 주제로 질의를 이어나가라고 지시를 한 것이 아닌가 싶었다.

"아아, 질의는 조금 있다가 해주십시오. 생방송이라 정해진 수순대로 가자면 어쩔 수 없군요."

"하지만 정말 중요한 질의입니다!"

"그건……."

당돌하고도 명확한 그의 의사표현에 김정문은 사회자를 만류한다.

"5분만 시간을 주시죠."

"그렇지만……."

"괜찮지요?"

김정문의 질문에 사회자는 못 이기는 척 고개를 끄덕였다.

"알겠습니다. 그럼 딱 5분만 시간을 드리지요. 질의하십시오."

"고맙습니다."

청년은 자리에서 일어나 자신의 소개부터 한다.

"저는 서울에서 온 28살 천태수라고 합니다."

"네, 천태수 씨. 혹시 하시는 일이?"

"기자입니다."

"아하, 기자! 언론인이시군요."

"네, 그렇습니다."

"저널리즘이 투철한 언론인이라고 믿고 싶습니다."

"그 믿음, 저버리지 않겠습니다."

천태수는 곧이어 자신의 질의를 시작한다.

"의원님, 혹시 에이마르 홀딩스에 대해서 들어보셨습니까?"

"에이마르 홀딩스요? 그게 무슨 회사죠?"

"글로벌 투자기업입니다. 지금은 타 회사에 인수 합병을 당했지요. 현재 그 명맥은 끊어졌습니다만, 아직까지 그들이 밟아온 과정에 대해선 그 자료가 명백히 남아 있습니다. 혹시 아시는지요?"

김정문은 고개를 가로저었다.

"아니요, 모릅니다."

"그렇다면 그들과 자매 결연을 맺었던 아파린 투자신탁에 대한 것은요?"

"…모르지요. 그런 회사들이 저와 무슨 관계란 말이십니까?"

천태수는 그에게 통장 거래 내역 사본을 내밀며 말했다.

"그들을 모르신다니, 이것 참 의외군요. 저는 그들이 한화로 무려 150억이 넘는 돈을 의원님께 입금했다는 소식을 듣고 두 기업이 의원님과 분명 무슨 관계가 있을 것이라고 생각했거든요."

"뭐, 뭐요?"

웅성웅성—

그의 발언에 순간 장내가 들썩이기 시작했다.

하지만 김정문은 아주 침착하게 그의 추궁을 피하기 위해 굴을 파냈다.

"아까도 말씀드렸다시피 발 없는 말이 천리를 가지요. 하지만 현실적으로 발 없는 말이 천리를 가자면 분명 의족이라도 달아야 할 겁니다. 안 그렇습니까?"

"그러니까, 제가 지금 당신을 모함하고 있다는 말이시군요?"

"물론입니다."

"흠, 과연 그럴까요?"

그는 블루문에서 소유하고 있는 35층 빌딩 네 채에 대한 수익 대장과 그에 대한 계좌 이체 내역을 공개했다.

"자, 보십시오. 블루문에서 관리하던 건물이 당신에게 공납한 내역들입니다. 이 건물들은 모두 아파린 투자신탁과 에이마르 홀딩스에서 준 돈으로 사들인 것들이지요. 보시면 아시겠지만 자금이 어떻게 이동했는지 다 나오지요? 그러니까, 한마디로 당신은 블루문과는 한솥밥을 먹는 식구고, 에이마르와 아파린과는 거액의 돈을 받고 일련의 대가를 치른 비즈니스 관계라는 소리입니다."

"…거짓부렁도 정도가 있습니다. 대국민 담화에서 이렇게 나를 모함하는 것은 명예훼손이란 말입니다."

"그거야 명예훼손이 성립되었을 때의 얘기지요. 내가 만약 사실만을 말한 것이 입증된다면 어떻게 하시겠습니까? 그때도 검찰 고위관계자들을 이용해 나를 묻어버릴 겁니까?"

"뭐, 뭐요……?"

"김태평 회장 일가가 모조리 몰살당했을 때처럼 말입니다."

"……."

웅성, 웅성—

"정경 유착, 뭐 그런 건가?"

"아니지, 저건 그냥 청탁이지!"

"으음, 그런가?"

순간, 여론이 들썩이기 시작했고, 사회자는 재빨리 VCR을 돌리도록 유도한다.

"잘라, 어서 잘라버려!"

비로 그때, 천태수가 포켓에서 권총을 뽑아들었다.

철컥!

"꺄아아아아악!"

"궈, 권총이다!"

"경호원, 경호원!"

그는 권총을 꺼내자마자 김정문에게 다가서며 물었다.

"다시 한 번 묻지. 에이마르 홀딩스와 아파린에서 받은 돈은 무엇의 대가였나! 에이마르 홀딩스에서 준 돈은 분명 김태우가 준 것일 것이고, 아파린에서 준 돈은 후계 구도를 바꾸는 것에 대한 대가였나?"

"그, 그게 무슨 말도 안 되는 소리인가?!"

"흐음, 그것도 아니라면 이번 사건을 잘 무마시켜 달라는 의미에서 받은 돈이었나? 김태평 회장 일가를 전부 살해하고 그것을 잘 덮기 위해서 말이지."

"……."

"맞아, 아니야? 대답만 잘하면 살려 주지."

아직 경호원들이 들이닥치려면 10초가량 남았고, 김정문은
충분히 죽을 수도 있는 상황이었다.

하지만 주변에 수많은 사람들이 핸드폰 카메라를 들이밀고
있어 입을 열 수 없다는 것이었다.

찰칵, 찰칵!

요즘 대한민국에 완연한 SNS열풍은 살해 장면까지 담게 만
드는 충격을 자아내고 있었던 것이다.

"개소리……!"

"여전히 정신을 못 차리는군. 하지만 입을 열지 않은 것을
보니 내 말이 맞는 것 같아. 지금 입을 열면 죄를 시인하는 꼴
이니."

"…저 파렴치한을!"

"그럼 잘 가라고."

탕탕탕탕탕!

친태수는 그의 머리에 무려 다섯 발이나 되는 총알을 발사
했고, 그 총알은 정확히 정수리에 연달아 꽂혔다.

푸하아아악!

"꺄아아아악!"

"머, 머리가 터졌다!"

"이, 이럴 수가!"

너무나 어처구니없는 살해 현장, 이 모든 상황들은 시민들에 의해 촬영되어 SNS를 타고 전 세계로 퍼져나가기 시작했다.

그런 광경을 바라보고 있던 연미진의 얼굴에는 복잡 미묘한 표정이 스친다.

'귀신이… 정말 있기는 있었던 모양이구나.'

그제 그녀는 일자리를 잃음과 동시에 속 시원한 복수를 맛보게 된 것이었다.

2. 자진납세

　김정문을 권총으로 살해한 태하는 곧장 현장을 빠져나와 SBC아트홀 앞을 지나는 행인들 사이로 녹아들었다.

　경호원들은 이제 곧 도착할 경찰을 기다리며 태하를 뒤쫓기 시작했다.

　"범인이다! 잡아라!"

　"비키십시오! 저놈은 살인범입니다!"

　"사, 살인범?"

　사람들은 저마다 주변을 둘러보며 어떤 사람이 살해범인지 찾아본다. 그러자, 태하는 그런 시민들 사이를 비집고 아트홀

앞의 지하철로 들어갔다.

파바바밧!

천마군영보의 신묘한 보법은 마치 그가 뱀처럼 미끄러지듯 걸어가는 것으로 보였고, 경호원들은 순식간에 그의 인영을 놓치고 말았다.

슈우우욱…!

"뭐, 뭐야?! 뭐가 어떻게 된 거야?!"

"젠장! 저놈을 놓치면 우린 다 모가지야! 밥줄 끊기기 싫으면 저놈을 꼭 잡아야 한다!"

"잡아라!"

대략 20명에 가까운 경호원들이 태하를 잡기 위해 지하철로 들어갈 쯤, SBC아트홀로 경찰특공대와 기동대 2개 팀의 인원이 도착했다.

끼이이익!

"지금부터 범인을 찾아 병력을 분산시킨다! 경찰특공대는 재빨리 지하철 안으로 돌입해 출입구를 봉쇄하고 나머지 인력들은 지금 즉시 이 인근의 차량을 모두 통제한다!"

"예!"

경찰들이 일사불란하게 움직여 맡은 구역으로 내달리기 시작했고, 이번 현장에 투입된 추나희 경감은 날이 바짝 선 눈으로 아트홀 주변을 둘러봤다.

이곳은 워낙 인파가 많고 차선이 복잡하게 얽혀 있어 도주로를 확보하기가 힘든 곳이다.

아마 제정신을 가진 사람이라면 결코 이곳에서 대놓고 살인을 벌이지는 않을 것이었다.

"돌았군. 이렇게 또 희대의 미친놈이 탄생하는 건가?"

이 세상에는 각종 미친놈들이 허다하지만 이렇게 국회의원을 대놓고 살해하는 사람은 극히 드물 것이다.

그녀는 범인이 이 세상에 불만을 품은 불순분자이거나 정신적으로 문제가 있는 정신병자일 것이라고 추측했다.

"미쳤어, 미쳤다고……."

추나희 경감은 태하를 찾아 계속해서 동분서주하기 시작했다.

 *　　　 *　　　 *

지하철로 빠르게 녹아든 태하는 재빨리 화장실로 들어가 옷부터 갈아입었다.

휘리리리릭!

나한천수의 신묘한 손길을 설마하니 옷을 갈아입는데 사용할 줄은 꿈에도 몰랐던 태하였지만 그 효율성은 타의 추정을 불허할 정도였다.

불과 2초도 안 되는 사이 머리끝부터 발끝까지 전부 다 스타일을 바꾼 태하는 역골탈태로 카미엘 엑트린의 모습으로 변신했다.

우드득, 뚜드드드득!

"크윽!"

매번 모습을 바꿀 때마다 느끼는 것이지만 변신을 하는 과정은 상당히 끔찍한 고통을 수반한다.

뼈와 근육이 서로 뒤틀리며 만들어내는 마찰이 거의 사람을 미치게 만들 정도였다.

하지만 태하는 그 모든 고통을 아주 태연하게 이겨내며 오히려 그 고통을 역기로 만들어내 다시 진기로 전환시켰다.

슈가가가각!

역마경에 오른 사람은 이 세상의 모든 고통을 진기로 바꿀 수 있는 능력과 분노를 조절하여 그 분노마저 내단으로 흡수하는 신묘한 능력을 갖게 된다.

한마디로 태하는 자신이 고통을 느낄 때마다 아주 조금씩 강해지게 되는 셈이다.

그는 단 2초 만에 옷을 갈아입고 원래 입고 있었던 옷을 화공으로 불태워 버렸다.

"건곤일식, 화!"

화르르륵!

태하의 손에서 일어난 푸른색 불꽃이 옷을 홀랑 태워버리자, 그의 손에는 아주 작은 잿더미만이 남아 있었다.

그는 이것마저 한 번 더 태웠고, 결국 애초부터 없었다는 듯이 그의 손에는 아무것도 남아 있지 않았다.

이 모든 것이 다 이뤄지는데 걸린 시간은 단 3초.

태하는 화장실 문을 열고 나와 태연한 표정으로 세면대를 이용했다.

쏴아아아아―

이제 손을 닦고 불 냄새를 제거하면 아무런 문제가 되지 않을 것이다.

바로 그때, 저 멀리서 경찰특공대가 달려왔다.

타다다다다닥!

"손들어! 움직이면 쏜다!"

"………?"

고개를 갸웃거리는 태하, 특공대는 태하의 얼굴과 몽타주로 지급된 사진을 번갈아보며 안면을 인식했다.

하지만 확연히 다른 사람으로 변해버린 태하를 알아볼 수 있을 리가 없었다.

그는 두 손을 높이 들며 말했다.

"무, 무슨 일이시죠?"

"실례가 많았습니다. 경찰입니다. 혹시 이곳으로 누군가 들어오지 않았습니까?"

태하는 고개를 끄덕인다.

"네, 그렇긴 했죠."

"아아, 그렇군요! 그 사람은 지금 어디로 갔습니까?"

"글쎄요… 그건 저도 잘 모르겠네요. 제가 볼일을 보는 동
안 어디론가 가던데요?"

"이런, 젠장!"

그들은 이내 태하에게 거수경례를 붙인 후, 돌아섰다.

척!

"실례가 많았습니다! 그럼……."

"네, 수고하십시오."

태하는 자신에게서 멀어지는 그들을 바라보며 슬그머니 미
소를 지었다.

*   *   *

천태수의 국회의원 저격 사건으로 인해 세간은 떠들썩하게
그에 대한 얘기들을 쏟아냈다.

TV와 신문, 인터넷과 SNS까지, 온 나라가 천태수 한 사람
에 집중하고 있었던 것이다.

그 시각, 태하는 라일라 일행과 함께 서울 그랜드 호텔 601호

에 있었다.

"이거 일이 너무 커지는 것 아닙니까?"

"괜찮아. 일은 커지면 커질수록 좋으니까."

"하지만 이러다 잘못해서 사형을 받는 것은 아닌지 걱정이 되어서 말입니다."

태하는 대한민국 법에 대해 설명했다.

"한국에 대해서 잘 모르는 모양인데, 한국은 사형 제도가 폐지되었어. 사형수는 있지만 무려 20년이 넘도록 사형이 집행되지 않았단 말이지."

"흠……"

"죽은 사람이야 억울하겠으나 사람 한 명 죽였다고 해서 사형 제도가 다시 부활하지는 않을 거라는 소리야."

"그렇다면 지금 보스께선 악법을 이용하고 계신 것이군요?"

"어쩔 수 없지. 악귀를 처단하려면 악귀가 되는 수밖에."

태하는 일부러 대한민국 국민들이 모두 보는 앞에서 국회 의원 김정문을 살해하고 그 자리에서 마치 연기처럼 잠적해 버렸다.

때문에 지금 경찰과 검찰은 천태수라는 사람을 잡기 위해 혈안이 되어 있었다.

만약 이대로 일이 점점 더 커져 태하의 존재가 확실히 각인 되기만 한다면 출셋길이 막힐 뻔했던 유주의 앞길이 뻥 뚫리게 될 것이다.

태하는 앞으로 그녀에게 날개를 달아줄 일이 상당히 많을 것이라고 확신했다.

"이제부터 이런 일들을 몇 개는 더 만들어내야 해. 잊지 않았겠지?"

"…알고는 있지요."

라일라는 아무리 천하무적인 태하라곤 해도 과연 공권력을 어떻게 이겨낼 수 있을지 의문이었다.

만약 그가 이대로 감옥에 들어가게 된다면 결코 빠져나올 수 있을 것 같지가 않았던 것이다.

태하는 그런 그녀에게 한 가지를 당부했다.

"나는 이제 감옥에 들어갈 거야. 그렇게 되면 너희들은 회사를 잘 운영하고 있어. 내가 말했던 회사들을 반드시 물색하고."

"그건 걱정하지 마십시오. 아참, 그리고 내가 연락하기 전까진 제프를 제외한 모든 사람들은 나와 연락하지 말도록."

"그건 또 무슨 말씀입니까? 접촉 자체를 하지 말라는 겁니까?"

"그런 셈이지."

"유사시엔 어떻게 하실 생각이십니까?"

"내게 생각이 있다."

에밀리아와 멜리사는 이미 태하가 초인이라는 것을 이미 알고 있었지만, 여전히 그의 무모한 행동이 썩 못 마땅했다.

"매번 이렇게 배수의 진을 치시니, 저희들이 도대체 어떻게 적응해야 할지 모르겠군요."

"후후, 너희들에겐 좀 미안한 말이지만 때론 극적인 것이 최고의 열쇠가 될 수도 있어. 어차피 고생하는 김에 조금 더 고생하자고."

"알겠습니다. 그렇게 하지요."

"뭐, 어차피 고생이야 보스가 하는 것이지 우리들이 하는 것은 아니니까 별 상관은 없지요."

애초에 처음부터 태하를 달갑게 여기지 않았던 멜리사는 특히나 그의 감옥행이 즐거운 모양이었다.

태하는 씁쓸한 웃음을 지었다.

"···고맙군. 너를 믿고 감옥에 들어갈 수 있어서 말이야."

"후후, 별말씀을요."

그는 멜리사가 자신을 왜 이렇게 싫어하는지 궁금해졌다.

하지만 그에 대한 대답을 지금 당장 찾는 것은 시기상 좋지 않을 것 같았다.

'시간이 모든 것을 해결해 주겠지.'

이제 태하는 자신의 몸값이 점점 오르기만을 기다리기 시작했다.

＊　　　　＊　　　　＊

서울중앙지검 회의실.

고위급 관계자 네 명이 모여 비밀회의를 하고 있었다.

임석주 차장은 벌써 네 갑이나 피운 담배로 모자라 위스키 포켓에 술까지 담아 마시고 있었다.

꿀꺽, 꿀꺽!

"젠장, 도대체 다들 일을 어떻게 하는 겁니까!"

"죄송합니다!"

"이거야 원, 사람 하나 잡는 일이 이렇게 힘들어서야……!"

세 명의 부장은 임석주에게 연신 고개를 숙일 뿐, 차마 낯을 드러낼 수가 없었다.

눈까지 시뻘겋게 충혈된 임석주, 그런 그에게 또 하나의 악제가 겹쳤다.

쾅!

"지금 여기서 뭣들 하고 있는 겁니까! 나가서 범인 안 잡을 겁니까?"

"의, 의원님!"

문을 열고 들어선 사람은 민혜당 소속 이청산 의원이었다.

이청산은 임석주에겐 아주 눈엣가시와 같은 사람인데, 그가 검찰청에 불어넣는 입김이 거의 국정원과 맞먹기 때문이었다.

역대 검찰총장들과 아주 밀접한 관계를 유지하고 있는 그의 한 마디 말에 지검장이 바뀔 정도였다.

그런 가운데 이번 사건에 대한 진척을 매일같이 재촉하는 그의 태도 때문에 임석주는 아주 하루하루가 거의 지옥과 같았다.

임석주는 그에게 깊이 고개를 숙이며 말했다.

"지금 서울중앙지검 검사들은 물론이고 서울시 경찰까지 전부 다 이 사건에 매달리고 있습니다. 조만간 좋은 소식을 들려드리겠습니다."

"좋은 소식이라… 지금 나랑 장난하자는 겁니까? 그런 좋은 소식 기다리고 있다가 줄줄이 줄초상이 나게 생겼어요! 알긴 아는 겁니까!"

"예, 예? 그게 무슨……."

"당신들, 김정문 의원에게 받은 뒷돈이 있지요? 그것도 아파린 투자신탁에서 받은 계좌에서 뽑은 것으로 말이지요."

"그, 그걸 어떻게……!"

"내가 당신들 머리 위에 앉아 있어요. 그런 사소한 것쯤 알아내는 것은 일도 아니란 말입니다."

"……."

이곳에 모였던 네 명의 고위급 간부는 꽤 오래전부터 국회의원들과 아주 밀접한 관계를 유지하고 있었다.

꽤나 박봉인 검사들이 로비로 이곳까지 올라왔을 정도면, 그들이 전달해 주었던 뒷돈이 얼마나 두둑했는지 알 수 있을 것이다.

그런 가운데 비자금의 중심핵이나 마찬가지였던 김정문이 사라졌으니, 똥줄이 타는 것은 당연지사였다.

헌데 여기에 이청산까지 가세해서 네 사람을 압박하니 그야말로 죽을 맛이었던 것이다.

임석주는 다시 한 번 그에게 깊이 고개를 숙인다.

"죄송합니다! 최대한 일을 빨리 마무리하도록 하겠습니다!"

"이 사람들이 말이야… 때가 어느 때인데 이렇게 지지부진하고 있어? 이러다 검찰청 물갈이 한번 들어오면 어떻게 감당하려고 그래요?"

"면목 없습니다! 즉시 시정하겠습니다!"

"그래요, 한번 두고 보겠습니다. 일주일입니다. 그 안에 놈을 찾아서 데리고 오세요."

"예, 의원님!"

이윽고 이청산은 곧장 서울지검을 나섰고, 임석주는 충혈이 된 눈으로 세 사람에게 말했다.

"…들었지요? 일주일입니다. 그 안에 그놈을 잡아 오세요."

"예, 차장님!"

앞으로 과연 그들의 운명이 어떻게 급변할지, 임석주는 그저 속이 타들어갈 뿐이었다.

*　　　*　　　*

서울중앙지검 수뇌부들의 발악으로 피를 보는 것은 역시 말단 검사들이었다.

서울중앙지검 형사 제2부장 서진태는 지금 벌써 보름째 귀가도 못 하고 청에 남아 사건을 해결하고자 동분서주하고 있었다.

안 그래도 히스테릭한 그의 성격에 보름 동안 잠도 제대로 못 잔 스트레스까지 더하니, 이것이야말로 미칠 노릇이었다.

지금 형사 제2과 검사들은 전부 원산폭격을 하고 서진태의 앞에 줄줄이 서 있었다.

그는 바닥에 머리를 박은 검사들을 바라보며 소리쳤다.

"실적이 이게 뭐야! 지금까지 너희들 먹여 살리느라 쓴 세금이 얼마인데 일을 이따위로밖에 못해!"

"죄송합니다!"

"죄송하면, 죄송하면 검사생활 끝나나! 도대체 우리 부서에서 제대로 일하는 놈이 하나도 없어! 이러니까 매일 차장님께

끌려가 된통 깨지는 것 아니야!"

"면목 없습니다!"

"면목이 없으면 만들어! 못 만들 것 같으면 사표를 쓰던지 하고! 지금 너희 말고도 본청 들어오고 싶어서 혈안인 놈들은 많아!"

"최선을 다하겠습니다!"

"최선, 최선, 최선! 도대체 그놈의 최선은 정말 다하고 있는 거야! 지금 여기서 범인 몽타주 말고 건진 것 있는 놈들 어디 있어, 어디 있냐고!"

"죄송합니다!"

"안 되면 경찰들을 닦달하든지 남들처럼 뒷골목 시정잡배들이라도 잡아 족쳐! 그것도 안 되면 그냥 꺼져버리던지!"

"면목 없습니다!"

서진태는 아까부터 계속 죄송하다는 말만 반복하는 그들에게 낮게 가라앉은 목소리로 말했다.

"지금부터 내 앞에서 죄송합니다, 시정하겠습니다, 최선을 다하겠습니다, 면목 없습니다, 이딴 개소리들은 집어 치운다! 알겠나?!"

"예!"

"그리고 또 하나. 불가능하거나 못한다는 말을 할 거면 그냥 짐 싸서 집에 가. 차라리 너희들 대신 지방청에서 똑똑한 놈들 뽑아서 함께 일할 테니까. 알겠나!"

"예!"

"뭣들하나! 빠릿빠릿하게 일어나 움직이지 않고!"

"지금 갑니다!"

우르르르—

수많은 검사와 함께 머리를 박고 있던 유주가 일어나 왼손으로 정수리를 비비적거렸다.

"으으……."

그런 그녀에게 서진태가 와락 일그러진 얼굴로 외쳤다.

"박유주!"

"예, 부장님!"

"너는 조금 더 박아, 이 새끼야!"

"예, 예?"

"저번에 시신보관소 사건 때, 시신 없어져서 근신 받고 뭐라고 했어? 뭐라고 했냐고!"

"최, 최선을 다한다고……."

"그런데 이게 최선이야? 대가리 박아, 이 새끼야!"

"죄, 죄송합니다!"

대검찰이라는 조직 자체가 원래 이렇게 상하 관계가 수직적이지는 않지만, 서진태는 워낙 성질이 더럽기로 유명했다.

하지만 그와 더불어 검사들을 족치는 능력이 워낙 탁월할 뿐더러 실적이 거의 톱클래스 수준이었다.

그러니 그의 이런 폭정을 나무랄 사람이 대검찰청 본청 내부에서도 찾을 수가 없었던 것이다.

그는 바닥에 머리를 박고 두 발로 지탱하고 선 그녀에게 말했다.

"이 자식이, 유단자에 주먹 좀 쓴다고 오냐오냐했더니 눈에 뵈는 것이 없지?"

"아닙니다!"

"내가 방금 뭐라고 했어?!"

"저, 그… 그렇지 않습니다!"

"이 새끼가 근데……!"

더욱 화가 치밀어 오르는 서진태에게 유주가 기지를 발휘했다.

"잠깐만요! 부장님!"

"뭐야?!"

"범인을 잡아오겠습니다!"

"뭐라고?"

"이번 사건, 제가 해결하겠습니다! 제가 그 새끼 잡아서 공판에 올리고 기소하겠습니다! 그럼 되는 것 아닙니까!"

"…진짜 뚫린 입이라고 아주 개소리만 지껄이는군!"

유주는 그의 앞에 무릎을 꿇고 말했다.

"진짭니다! 제가 이번 사건 해결하면, 저 근신 풀어주시고 공안으로 옮겨주십시오!"

"뭐? 너, 지금 나에게 딜 거는 거냐?"

"뭐, 딜이라면 딜이죠! 하지만 정말 할 수 있으니 이런 말씀을 드리는 것 아니겠습니까?"

순간, 주변에 있던 검사들이 벙찐 표정으로 그녀를 바라봤다.

"저, 저게 드디어……?"

"미쳐도 단단히 미쳤군……."

그녀의 선배들은 속으로 혀를 내둘렀지만 서진태는 이내 슬그머니 고개를 끄덕였다.

"좋아, 한번 믿어보지."

"감사합니다!"

"하지만 성공 못하면 그냥 옷 벗어. 너 같은 사고뭉치 데리고 있고 싶은 마음 없으니까."

"예, 알겠습니다!"

유주는 속으로 슬그머니 미소를 지었다.

*   *   *

천태수가 전국을 휘젓고 다니는 동안 경찰 측은 에이마르 홀딩스와 아파린 투자신탁에 대한 조사를 실시했다.

에이마르 홀딩스는 이미 자사에 관련된 모든 증거를 소각한 상태이기 때문에 경찰 조사에서도 별다른 혐의점이 드러나지 않았다.

하지만 몇 차례 내전을 치르느라 정신이 없었던 아파린 투자신탁의 경우엔 얘기가 달랐다.

쾅!

"경찰입니다! 모두 그 자리에서 일어나 두 손을 높이 들어 주십시오."

"이게 지금 뭐하는 짓입니까?! 아무리 경찰이라도 이래도 되는 겁니까?!"

"영장 발부받았습니다. 당신들 회사를 뒤질 권한이 있다고요. 어이, 뭐해? 컴퓨터부터 종잇장 하나까지 죄다 털어!"

"예!"

"이런 빌어먹을!"

가만히 사태를 관망하고 있던 아파린 투자신탁은 일순간 들이닥친 경찰들 덕분에 혼비백산할 수밖에 없었다.

그러나 오랜 세월동안 조직을 이끌어온 아파린 투자신탁의 대처는 생각보다 빨랐다.

"컴퓨터 꺼! 물이라도 부어!"

"예!"

좌르르르륵!

"이런 젠장! 컴퓨터에서 손 안 떼!"

몇몇은 컴퓨터에 물을 붓거나 발로 본체를 마구 짓밟아서 증거자료들을 인멸하는 대범함을 보였다.

또한, 몇몇은 재빨리 컴퓨터를 들고 창문가로 달려가 그것을 거침없이 내던져 버렸다.

쨍그랑!

"증거인멸을 시도하시겠다? 한국 경찰을 너무 물로 보는군! 깨진 하드디스크라도 좋으니 다 챙겨! 사이버수사팀으로 넘겨 하드디스크를 복원시킨다."

"예, 알겠습니다!"

이윽고 경찰들은 아파린 투자신탁에서 난동을 부린 직원들을 모두 체포했다.

철컥!

"당신들을 공무집행방해죄로 체포합니다! 변호사를 선임할 수 있고 묵비권을 행사할 수 있습니다! 또한, 지금부터 당신들이 하는 말은 법정에서 불리하게 적용될 수 있어요!"

"……."

아무런 말이 없는 직원들, 그런 그들의 손목에는 하나같이 똑같은 문신이 새겨져 있었다.

"해? 아니, 불인가?"

"…갑시다. 어차피 갈 것이라면 빨리 가는 편이 낫지 않겠어요?"

"뭐, 그렇게 경찰서 유치장 밥이 그립다면 그렇게 해드려야지."

경찰들은 줄줄이 엮인 아파린 투자신탁 직원들을 끌고 경찰서로 향했다.

$$*\qquad*\qquad*$$

아파린 투자신탁을 급습한 경찰은 1,500개가 넘는 하드디스크를 확보했으나, 그 안에서 이렇다 할 혐의점은 찾아내지 못했다.

아파린 투자신탁은 처음부터 회사 내부에 그 기록을 남기지 않았던 것으로 추측되었다.

그렇다면 과연 아파린 투자신탁의 뇌물 공여 증거들은 전부 어디에 숨겨져 있었을까?

늦은 밤, 아파린 투자신탁의 새로운 회장으로 추대된 영천이 전라남도 영산강 인근에 배를 띄웠다.

그는 자신의 핸드폰과 이동식 외장 하드디스크를 꺼내어 가만히 바라봤다.

"젠장… 드디어 호구 한 명 잡았다 싶었더니 웬 미친놈이

훼방을 놓고 말았군."

영천은 김정문에게 뇌물을 공여하고 그 증거들을 하드디스크에 남겨 한동안 그를 뒷배로 써먹을 생각이었다.

블루문이 김정문에게 수탈을 당한다고 매일 죽는 소리를 해대지만, 지금까지 그들이 김정문 때문에 벌어들인 돈이 대체 얼마던가?

그는 블루문처럼 김정문을 밟고 다시 한 번 일어서 대기업을 일구고 눈엣가시 같은 대주주 김태형을 몰아낼 생각이었다.

하지만 그 계획은 한 미친 청년으로 인해 모두 수포로 돌아가 버렸다.

"요즘 들어 되는 일이 없군."

최근에 그는 사모펀드 주식 15%를 가지고 잠적해버린 우태를 잡기 위해 대한민국 전역을 뒤지고 있었다.

그런데 그는 아직 코빼기도 보이지 않았고, 지금 김태형은 블루문과의 거래에서 받은 주식으로 계속해 영천을 압박하고 있었다.

한마디로 요즘 그는 잠을 자도 잔 것 같지 않고, 맛있는 음식을 먹어도 맛이 느껴지지 않는 상태였던 것이다.

"제기랄, 먹고 살기 참으로 힘들구나."

그는 김정문과 자신이 엮었다는 증거들을 전부 강물에 던져 버렸다.

풍덩—!

이제 저것들을 누군가 찾아내 복원하지 않는 한, 영원히 그의 혐의는 수면 아래로 가라앉을 것이다.

하지만 이제 문제는 은행에 그의 송금 기록이 남아 있다는 점이었다.

물론, 차명 계좌를 이용해 스마트폰 뱅킹을 했기 때문에 누가 송금을 했는지 알아내긴 힘들 것이다.

그러나 이 세상에는 만에 하나라는 것이 있기 때문에 경찰이 꼬리에 꼬리를 물어 수사망을 좁혀 올 수도 있다.

아마 일반적인 생각을 가진 사람들이라면 이 만에 하나를 신경도 쓰지 않겠지만, 그는 달랐다.

"불안하군… 뭔가 방법을 찾아야겠어."

이제 그는 김정문의 계좌 내역에서 자신의 기록들을 삭제할 수 있는 방안을 모색하기 시작했다.

*   *   *

영천은 영산강 하류에서 자신의 최측근이자 오른팔인 왕찬문과 술자리를 가졌다.

"한 잔 받아라."

"에, 형님!"

왕찬문은 영천이 처음 조직에 들어갔을 때부터 그를 형님으로 모시며 지금까지 함께 생활해온 충복 중에 충복이었다.

어쩌면 이들은 운명 공동체로서 절대로 떨어질 수 없는 관계일지도 모른다.

하지만 조직 내에서 두 사람의 위치는 최상층이기 때문에 어지간하면 이렇게 대작을 할 수 있는 시간조차 없다.

그러나 오늘 왕찬문이 굳이 영천을 찾은 이유는 다름 아닌 설씨 가문의 일 때문이었다.

"형님, 드디어 찾았습니다."

"…우태 말이냐?"

"예, 그렇습니다. 알아보니 놈은 원래 한국 국적을 가지고 있었더군요."

"화교집단 조직에서 한국 국적을?"

"아무래도 그편이 한국에서 살아가기 좋을 것이라고 생각한 모양이지요."

"아아, 그래서 우리가 종적을 찾을 수가 없었던 것이군."

"무작정 대만 국적이나 중국 국적 화교들만 찾으려 했으니, 당연히 그놈을 잡을 수가 없었던 것이지요."

"그렇단 말이지……."

살짝 일그러진 영천의 얼굴, 왕찬문은 그런 그에게 서울남부교도소의 사진을 건넸다.

"놈은 지금 서울남부교도소에 수감되어 있습니다. 죄목은 마약 밀매 및 총기류 관련 법규 위반 등입니다. 징역 10년을 받고 그곳에 들어갔다고 하더군요."

"의외로군, 놈이 감옥에 들어가 있다니 말이야. 원래 이곳에서 사업을 펼치고 있었던 건가?"

왕찬문은 고개를 가로저었다.

"아닙니다. 놈은 아예 사업적인 수완은 물론이고 조직 세계에 대한 지식이 전무합니다. 그런 우태가 사업을 펼쳤을 리가 없지요."

"그럼 뭐야, 알아서 스스로 감옥에 기어들어 갔다는 소리인가?"

"아무래도 설 회장 그놈이 우태를 미리 감옥에 들여보낸 것 같습니다. 우리의 정보력이 아무리 좋아도 설마하니 감옥까지 뒤질 수 있을 것이라곤 생각지 못했겠지요."

"하여간 머리가 비상한 놈이로군… 설마하니 자신의 아들을 감옥에 보낼 줄은 꿈에도 예상하지 못했다."

"그러게 말입니다. 다른 것은 몰라도 잔머리와 꼼수 하나는 알아줘야 하는 놈입니다."

왕찬문은 점점 더 굳어가고 있는 표정의 영천에게 말했다.

"그래서 말입니다, 형님. 우리 조직원들을 남부교도소로 보내는 것이 어떻겠습니까?"

"우리 조직원들을?"

"예, 그렇습니다. 최소한 20명만 그곳으로 보내도 놈을 죽이는 것은 그리 어려운 일이 아닐 겁니다."

"흠……."

"지금 경찰서에 들어간 놈들 말고 정식 한국 국적을 가진 조직원들로 추려서 감옥에 보내버리면 놈을 간단히 처리할 수 있을 겁니다."

"하긴, 그 방법이 가장 간단하겠군."

"예, 그렇습니다."

"하지만 감옥에 들어간다고 해서 쉽사리 놈을 죽일 수 있지는 않을 텐데?"

그는 영천에게 설우태를 제거할 수 있는 가장 빠른 방법들에 대해 설명한다.

"우선 우리 조직원들을 감옥에 보내놓고 사식이나 우편과 같은 방법으로 총기류를 반입시키면 일은 간단해집니다."

"감옥에 총기류를 밀반입하겠다?"

"아무리 감옥이라곤 해도 사식을 아예 다 뒤져 반입시키는 짓은 하지 않을 테니, 총을 완전히 분해해서 사식에 넣어주면 간단한 일입니다. 그 이후엔 총을 가장 잘 쏘는 놈에게 무기를 쥐어주면 끝이지요."

"하긴, 아무리 감옥이라도 사람이 사는 곳이니 방법은 분명히 있겠군."

"예, 형님."

영천은 그의 계획이 썩 마음에 드는 눈치다.

"좋아, 그럼 놈을 확실히 보내 버리도록 해. 단, 범죄를 저지른 놈이 입을 열거나 허튼 짓을 하면 곤란하니 가족들에게 돈이나 든든히 쥐어주라고."

"예, 알겠습니다."

두 사람은 곧이어 술잔을 비워낸다.

3. 옥살이

태하는 늦은 밤 한강 유역에 있는 고수부지에서 유주와 만남을 가졌다.

태하는 그녀에게 자신이 범인이라는 결정적인 증거로 범행에 사용했던 권총을 건넸다.

"요즘 검찰청이 아주 난리도 아니라지?"

"…매일 원산폭격에 욕설까지, 아주 미쳐 돌아가지. 세상에, 검찰청에서 이런 일이 벌어진다는 것을 기자들이 알면 과연 뭐라고 할까?"

"후후, 그러면 그럴수록 너에겐 유리한 것 아닌가?"

"뭐, 그렇긴 하지."

그녀는 태하가 건넨 권총을 갈무리하며 말했다.

"그나저나 감옥에 들어가면 도대체 어떻게 나올 작정이야? 아무리 네가 얼굴을 자유자재로 바꿀 수 있다곤 해도 정명회의 후계자인 설우태를 함께 데리고 나오는 것은 불가능할 텐데?"

"무슨 특별한 이유라도 있어?"

유주는 그에 대한 정보를 하나 제공한다.

"지금 설우태는 서서히 시력을 잃어가는 중이야. 듣기론 안구 이식 밖엔 별다른 방법이 없다고 하더군. 근데, 그마저도 시일을 놓치면 불가능해져. 한마디로 지금 그는 반쯤 장님이 되어가고 있다는 소리지."

"장님이라……"

"아마 네가 파옥을 할 때쯤이면 그의 눈이 멀어 있지 않을까?"

"흠……"

태하는 유주의 말에 곰곰이 생각에 잠겼다. 하지만 이내 생각을 정리했다.

"내게 다 생각이 있어. 그러니 너무 걱정하지 마."

"흠… 네가 그렇다면 다행이지만……"

"아무튼 너는 내가 설우태와 그 원수 놈이 함께 수감되어 있는 곳으로 들어갈 수 있도록 힘이나 좀 써줘."

"네가 나에게 잡혀줘서 스타덤에 오르기만 하면 그게 대수 겠어?"

"그래, 그것이면 충분해."

"도대체 뭘 어떻게 하려고……."

"그냥 나만 믿어."

그녀는 하는 수 없이 고개를 끄덕인다.

"후우… 그래, 뭐 어쩔 수 있나? 너를 믿어보는 수밖에."

태하는 그녀의 어깨에 손을 척 올리며 말했다.

"이 형이 이번에도 제대로 한 건 해볼게."

"후후, 그래! 우리 김태하 씨, 제대로 한 건 해보자!"

두 사람은 서로를 바라보며 한껏 미소를 지었다.

그리고 그는 마지막으로 그녀에게 당부 한 가지를 남겼다.

"유주야, 그리고 나를 검거할 때 말이야."

"응?"

"허벅지에 권총을 한 방 쏴."

"뭐, 뭐라고?! 그게 무슨……."

"어차피 허벅지에 총 맞는다고 안 죽어. 그러니까 허벅지에 총을 쏴서 나를 넘어뜨려. 그리고 난 후에 네가 검거하면 뭔가 아귀가 맞을 것 아니야?"

"그렇지만 총은 좀……."

"괜찮다니까. 사람 머리에 총알구멍까지 냈는데 허벅지에 총알 한 방 정도는 맞아야지. 아무리 원수라 해도 말이야."

"뭐, 그건 그런가?"

"알겠지?"

"…그래."

고개를 끄덕였지만 표정이 썩 좋지는 않은 유주였다.

*　　　*　　　*

영국 램튼 팜에 위치한 태하의 안전 가옥.

태린은 이제 정신의 병을 딛고 일어나 완벽히 건강을 되찾았다.

"실버, 물어와!"

"헥헥!"

그녀는 실버와 함께 정원으로 나와 공놀이를 즐기고 있다.

처음에는 우두머리로 인정한 태하 이외엔 그 어떤 이의 말도 듣지 않던 실버였지만 시간이 지나면서 서서히 그녀를 무리의 일원으로 인정한 것 같았다.

그래서 요즘엔 그녀가 시키는 일이라면 거의 대부분 들어주고 있었다.

태하는 멀리서 공놀이를 즐기고 있는 그녀와 실버를 바라봤다.

"이젠 정말 당분간 내가 없어도 괜찮겠군."

"헥헥⋯⋯?"

실버는 태하의 이 작은 읊조림만으로도 그가 자신의 곁에 다가왔다는 것을 깨달았다.

"헥헥!"

"실버, 어디를 가는 거야?"

녀석은 공놀이를 하다 말고 태하에게 달려와 안겼다.

"헥헥!"

"자식, 그제 내가 보고 싶었냐?"

"헥헥헥!"

격하게 태하를 반기는 실버를 바라보며 태린이 입을 삐죽 내밀었다.

"쳇, 지금까지 밥 먹이고 씻겨 준 사람이 누구인데?"

"나와 정이 많이 들어서 그래. 요즘은 네게 손도 준다면서?"

"그거야 반복 숙달이 되어서 그런 거고. 하여간, 저 깍쟁이⋯⋯."

"⋯헥헥?"

태하는 모든 사람들이 그러하듯, 그녀와 실버 역시 같은 수순을 밟으며 친해지고 있다고 믿는다.

"아무튼 내가 당분간 이곳을 비울 것 같아. 라일라가 내 대신 돌봐줄 테니, 말 잘 듣고 있어."

"네가 무슨 어린아이야? 걱정은……."

"괜히 투정이나 부릴까 봐 그렇지."

"피이, 걱정마쇼! 알아서 잘 할 테니!"

"그래, 잘 지내고 있어. 실버, 너도 말 잘 듣고."

"헥헥!"

이제는 이 둘이 태하의 가족이 되었다. 그는 그 어떤 순간
이 오더라도 이 둘을 절대로 놓치지 않을 것이다.

*　　　　*　　　　*

며칠 후, 태하는 예정대로 대전 갑천변에 있는 한 모텔에서
유주에게 붙잡히기로 했다.

그녀는 대전서부경찰서 소속 김철진 경감과 함께 갑천변으
로 경찰 병력을 모았다.

김철진 경감은 유주를 바라보며 미심쩍은 표정을 지었다.

"과연 이런 곳에 범인이 숨어들어 있을까요?"

"글쎄, 제가 장담한다니까요."

"하지만 그래도……."

그녀는 우거지상을 하고 서 있는 김철진에게 물었다.

"왜요? 이번에 제가 헛다리라도 짚으면 어쩌나 싶으세요?"

"아니요, 그런 것이 아니고……."

"걱정하지 마세요. 저도 이 바닥에서 10년째 굴러먹는 중입니다. 어지간한 확신이 아니고선 경찰 병력을 이렇게 많이 동원하지 않아요."

"뭐, 그럼 다행이고요."

그녀는 현재 서부경찰서에서 동원할 수 있는 병력들은 전부 다 동원해서 모텔 앞에 집결시켜놓았다.

아마 그녀가 정말로 헛다리를 짚게 된다면 유주 스스로는 물론이고 김철진 역시 입장이 참으로 곤란해 질 것이다.

하지만 그녀는 그런 사안들은 전혀 안중에도 없었다.

"자, 지금부터 제 지시에 따라 움직이는 겁니다! 아시겠죠?!"

"예, 알겠습니다!"

"제가 먼저 돌입하면 그 뒤를 따라서 들어와요! 명심하세요, 놈은 흉악범입니다! 차라리 내가 먼저 들어가는 편이 나아요!"

"…뭐, 정 그러시다면야."

그녀는 몇 번이고 자신이 먼저 돌입한다고 못을 박은 후에서야 작전을 전개한다.

"작전 시작합니다! 돌입!"

의경들이 파쇄망치로 문을 두드리자, 그녀는 권총으로 전방을 주시하며 들어선다.

"꼼짝마라! 검찰이다!"

"이, 이런?!"

그녀가 장담한 대로 천태수로 변장한 태하가 그 안에 들어 있었고, 당황한 듯한 태하가 도망치려 하자 그녀는 재빨리 권총으로 태하의 허벅지를 노리고 발사했다.

타앙!

"크헉!"

"이놈, 잡았다!"

유주는 태하가 시키는 대로 그의 허벅지에 총알을 박아 넣긴 했지만, 영 기분이 좋지는 않았다.

그녀는 태하의 뒤로 돌아가 손을 꺾어 곧장 수갑을 채웠다.

끼릭!

그러면서 귓가로 슬며시 속삭였다.

"…괜찮아?"

"별로 안 아파. 내가 다 알아서 장치를 해놨으니까 걱정하지 마."

"그래……."

이윽고 유주는 태하를 붙잡은 채 외쳤다.

"범인을 잡았습니다! 현장 보존해 놓고 증거 확보하세요! 이대로 저는 이놈을 데리고 서울로 올라가겠습니다!"

"수, 수고하셨습니다!"

척!

대한민국 최고의 이슈가 되어버린 사건을 해결한 그녀에게 거수경례가 저절로 올라가는 경찰들이다.

*　　　*　　　*

서울중앙지방검찰청 형사 제2과에 있는 조사실에 들어선 태하는 벌써 10시간이 넘는 조사를 받는 중이었다.

하지만 그는 이 지루한 시간 동안 단 한 마디도 꺼내지 않았다.

"어이, 천태수! 자꾸 이렇게 묵비권만 행사할 거야? 이러다간 정말 평생 무기수로 살다 죽는 수가 있어!"

"……."

"이런 제기랄!"

살해 동기를 시작으로 물어볼 것이 너무나도 많은 조사관들 입장에선 이렇게 입을 꾹 다물어버린 천태수가 죽이고 싶을 만큼 미웠다.

그럼에도 불구하고 그를 함부로 건드리지 못하는 것은 천태수가 일을 너무 크게 벌였기 때문이었다.

그가 제시했던 증거들은 대부분 사실로 인정되어 검경이

움직이도록 만들었고, 이제 그것은 사회적 이슈로 대두되었다.

그로 인해 천태수는 일약 스타덤에 올라 살인자치고는 이례적으로 팬카페가 생기는 기이한 현상을 연출해냈다.

조사관들은 아무런 입장 표명도 없는 그에게 물었다.

"좋아, 그럼 다른 것은 둘째 치고서라도 그 자료들을 어디서 구했는지 말해봐. 네가 지금 이렇게 엄청난 자료들을 구한 것은 금융법 위반은 물론이고, 사생활 침해에 해당된다고. 알아? 개인 정보 유출은 범죄야. 살인죄에 추가 적용되면 넌 평생 밖으로 못 나와!"

"알고 있습니다."

"뭐라고?"

"알고 있다고요. 누가 법을 몰라서 이러고 있는 줄 압니까? 아마 내가 당신들보다 법을 더 잘 알면 잘 알았지, 모르지는 않을 겁니다."

"…그런데 이 새끼가 정말……."

바로 그때, 경찰서 조사실 안으로 유주가 들어선다.

철컹!

"검사님!"

"수고가 많으십니다."

"이곳까진 무슨 일로……."

"범인은 내가 직접 족치겠습니다. 조사는 아무래도 경찰보다는 검찰이 직접 하는 편이 나을 것 같아서요."

"직접 하시겠다는 말씀이십니까?"

"네, 그렇습니다. 내가 알아서 다 할 테니 나가서 다른 일 보세요."

"알겠습니다. 그럼……."

이윽고 태하와 단 둘이 남은 유주는 이내 CCTV와 마이크를 차단했다.

그녀는 걱정스러운 얼굴로 태하에게 물었다.

"괜찮아? 치료도 제대로 받지 않은 것 같던데."

"이 정도 상처쯤이야 대수롭지 않아. 시베리아 한복판에서도 살아남은 나인데, 뭐가 걱정이야?"

"그래도……."

태하는 자신보다는 앞으로의 일에 대해 물었다.

"그나저나 이젠 일이 어떻게 풀릴 것 같아?"

"내가 너를 직접 기소하고 형량을 구형할 거야. 그렇게 되면 관할에서 가장 가까운 교도소로 들어가게 되겠지."

"흠, 그래? 그럼 거의 다 된 것이군."

"다 되어가지만 정말 괜찮겠어?"

마지막으로 묻는 그녀에게 태하는 고개를 끄덕였다.

"이제 앞으로 할 일은 정해졌어. 그대로 가는 일만 남은 셈이지."

태하는 그녀에게 굳은 의지를 내비쳤다.

"할 수 있어. 우리는 할 수 있다고."

"…그래! 죽기밖에 더 하겠냐?"

"아무튼 너는 앞으로 공안에 들어가 최대한 많은 커리어를 쌓아. 그 공적은 내가 올려줄게."

"알겠어."

두 사람은 마지막으로 손을 마주잡았다.

*　　　　*　　　　*

천태수는 유주에게 범행 내용 일체를 자백했고, 스스로 자신의 살해 혐의를 인정했다.

그녀는 그의 주장을 토대로 조사서를 꾸며 상부에 제출하여 곧 공판을 열 계획이었다.

유주는 조서와 보고서를 작성하자마자 형사 제2과장 사무실로 향해 서진석에게 제출했다.

"여기, 범행 자백과 그 동기에 대한 것들을 정리한 보고서입니다. 이대로 기소한다면 최소 무기징역입니다."

"수고했다."

"감사합니다."

서진석은 천태수를 잡기 위해 그 난리 법석을 떤 사람치고
는 아주 차분하게 그녀의 보고서를 읽었다.

그리곤 이내 얼마 지나지 않아 보고서를 덮어버렸다.

"어이, 박유주."

"예, 부장님."

"저번에 내가 약속했던 것 말이야."

"아아, 공안 건에 대한 것 말입니까?"

"그래, 그거. 꼭 가야겠어?"

"네? 그게 무슨 말씀이십니까?"

"굳이 공안으로 넘어가야 하느냔 말이다. 이곳에서도 충분
히 네 이상을 펼칠 수 있어."

"매일같이 원산폭격하면서 말입니까?"

"이 자식이 진짜! 지금 내가 너에게 장난하는 것으로 보이
나?"

"죄송합니다. 하지만 저도 장난 아닙니다. 그냥 이곳보다는
공안이 저에게 맞을 것 같아서 그러는 겁니다."

"뭐……?"

"진심입니다. 아참, 그렇다고 부장님이 싫은 것은 아니고
요."

"……."

아직 검사장에게 보고서가 올라가지 않았지만, 이것이 만

약 상부로 올라가면 유주의 앞길은 당분간 탄탄대로일 것이다.

지금 천태수라는 이름 석 자가 갖는 임팩트가 그만큼 크다는 소리였다.

서진석은 그런 천태수를 잡은 스타 검사를 공안부로 넘기는 것이 영 마뜩치 않은 눈치다.

"굳이 가겠다면 말리지는 않겠다. 알지? 공안부장이 나와 연수원 동기인 것."

"잘 압니다. 그래서 부서 이동을 부탁드린 것 아닙니까?"

"네가 간다고 하면 그쪽에선 아주 쌍수를 들고 환영할 거다. 하지만, 꼭 그곳에 가야 하는 이유가 있나?"

"방금 말씀 드렸습니다만……."

"내가 그런 미친 소리를 믿을 것 같나? 너와 나의 짬밥 차이가 얼마인데 아직도 그런 시답잖은 농담이 통할 것이라고 생각했나?"

"뭐, 농담을 하려고 한 것은 아니고……."

"진짜 이유가 뭐야?"

유주는 뒤통수를 긁적이며 말했다.

"굳이 물으신다면… 제가 잡아넣고 싶은 놈이 한 명 있다고 말씀드리고 싶군요."

"잡아넣고 싶은 놈?"

"대한민국은 법치국가이고 이론적으론 돈보다 법이 가까워야 하는 곳입니다. 하지만 요즘 법보다 돈이 더 가까운 것 같더군요. 돈으로 귀신도 부린다는 세상에 이런 갑질이 뭐 그리 대수겠습니까만, 그래도 저는 그 꼴을 도저히 두고 볼 수가 없군요."

"흠… 네가 그런 생각을 가진 것을 부친도 아시나?"

"글쎄요, 잘은 모르시겠지요."

그는 집안에서 아웃사이더로 자라난 유주가 언젠가는 큰 사고를 칠 것이라고 생각하고 있었다.

때문에 자신이 품에 안고 조금 더 키워보려 했던 것이다.

하지만 유주의 이상은 생각보다 더 큰 것이라 자신이 어떻게 할 수 없는 모양이었다.

"호랑이 새끼를 키운 것이 아닌가 싶군."

"호랑이면 호랑이지 새끼는 뭡니까? 처음부터 저는 부장님께 다 자라서 왔습니다만."

"…시끄러워."

그는 유주에게 추천서를 한 장 휘갈겨 써줬다.

슥슥슥—

그녀는 지독한 악필인 그에게 볼멘소리를 했다.

"그래서 누가 글씨나 알아보겠습니까?"

"눈이 사시가 아니라면 알아보겠지."

"전 사시가 아닌데도 모르겠습니다만……."

"이 자식이, 부서 이동하기 싫어? 추천서 찢어줘?"

그녀는 재빨리 추천서를 집어 들었다.

팟!

"헤헤, 무슨 말씀을 그렇게 하십니까? 듣는 사람 서운합니다."

"…철면피 같은 자식. 이 자리까지 끌어준 사람이 누구인데 부서 이동이야?"

"원래 늑대들은 자식이 크면 낭떠러지로 밀어서 분가를 시킨다고 하잖습니까? 저는 그냥 알아서 분가를 선택한 새끼라고 생각하십시오."

서진석은 이내 그녀에게서 고개를 돌린다.

"썩 꺼져, 이 공안새끼야."

"넵! 그럼 저는 이만 물러갑니다! 수고하십시오!"

척!

거수경례를 올린 그녀는 이내 부장실을 나섰고, 서진석은 조금 씁쓸한 표정으로 담배를 피워 물었다.

*　　　*　　　*

서울중앙지방검찰청 공안부 이성칠 부장의 사무실에 가자

마자 유주는 서진석이 준 추천장을 그에게 내밀었다.

"부장님, 이직을 신청하러 왔습니다."

"이직? 아직 사건도 끝나지 않았는데 무슨 이직인가?"

"이번 사건만 마무리하고 나면 공안부로 자리를 옮기고 싶습니다."

"제2부장은 뭐라고 해?"

"기꺼이 수락했습니다. 제가 맡은 이번 사건이 종결되고 나면 곧바로 자리 옮기라고 했습니다. 부장님께도 말씀드린 것으로 알고 있었습니다만……."

"난 들은 바 없는데?"

"…그렇군요."

그녀가 추천장을 받은 지 벌써 나흘이 지났는데 서진석은 여전히 공안부에 전화를 걸지 않은 모양이다.

하지만 이성칠은 그녀의 부서 이동을 기꺼이 받아들였다.

"좋아, 차장님께 내가 건의 드리도록 하지. 아마 조만간 인사 발령이 날 거야."

"감사합니다!"

이성칠은 굳이 형사부에서 공안부로 옮기겠다는 그녀에게 그 이유를 물었다.

"그런데 말이야, 형사부에서 강력 사건만 10년째 맡아왔던 자네가 공안부로 옮기려는 이유가 뭐야? 그 정도 커리어면 앞으로 과장 승진도 따 놓은 당상일 텐데 말이야."

"사람에게는 무릇 그 이상이라는 것이 있지요. 저는 제 이상이 공안에 있다고 생각합니다."

"흠… 특이한 친구군."

유주는 특유의 능글맞음으로 그에게 자신을 어필했다.

"헤헤, 그래도 제가 사건 하나는 잘 해결합니다. 요즘 공안부 물갈이다 뭐다 말이 많잖습니까? 제가 한 건 제대로 해보겠습니다!"

"하하, 보기는 좋군. 그나저나 자네 집안에서 공안부로 옮긴 것을 알면 좋아할까? 아무리 간과하고 싶어도 자네의 집안이 좀 걸린단 말이야. 그리고……."

유주의 집안은 재벌가문이기 때문에 정계와 아주 밀접한 관련이 되어 있을 수밖에 없다.

이성칠은 그녀의 출신성분과 공안부가 조금은 맞지 않다고 생각하는 모양이었다.

아니, 오히려 그녀가 공안부로 옮기려는 것이 집안 때문이 아닌가 하는 생각이 들기도 하는 것 같았다.

그녀는 집안과 자신은 이미 오래전에 돌아섰음을 시사한다.

"어차피 저는 집안에서 아웃사이더로 통합니다. 영양가도 없고 존재감도 없지요. 어려서부터도 그랬고, 지금도 그렇습니다. 그런 집안에 제가 무엇 하러 도움을 주겠습니까?"

"흠, 정말이지?"

"제 검찰 생활 10년을 걸 수 있습니다. 조직에 목숨을 걸었던 저입니다. 제가 미쳤다고 집안을 옹호하겠습니까?"

"그래, 그럼 되었어."

그는 유주에게 악수를 청한다.

"공안부에 온 것을 환영한다."

"감사합니다!"

척!

그녀는 거수경례를 올린 후, 정중히 그의 손을 잡았다.

*   *   *

서울중앙지방검찰청 제1차장 검사실, 서진석과 이성칠이 차장검사 박수찬의 앞에 각각 보고서를 내밀고 있다.

서진석은 이번 형사 제2과가 올린 성과 덕분에 어깨가 으슥해져 있던 상태였다.

"수사는 이것으로 마무리해도 될 것 같습니다. 이대로 대법원에 기소하고 공판으로 넘기시죠."

"흐음, 그래. 이 정도면 혐의 입증하고 감옥에 보내도 되겠어. 구형은 얼마나 할 거라고 하던가?"

"글쎄요, 판례로 보았을 때엔 무기징역이 되지 않을까 싶습니다."

"하긴. 사람을 생방송 중에 쏴 죽인 것으로 모자라 도주까지 했으니 그 정도는 되어야지."

"그럼 결재하시는 겁니까?"

"알겠네. 그렇게 하지."

이윽고 이성칠이 그의 뒤를 이어 박유주 검사의 부서 이동에 대한 건의서를 올렸다.

"이번 천태수 사건을 해결한 박유주 검사의 부서 이동 신청서입니다."

"부서 이동?"

"박유주 검사가 공안부로 자리를 옮기고 싶다고 하더군요."

박수찬은 고개를 갸웃거리며 서진석을 바라본다.

"제2부장? 어떻게 된 거야?"

"…그렇게 되었습니다. 녀석이 워낙 자리를 옮기고 싶어 해서 말입니다. 이번 사건만 마무리하고 공안부로 넘기려 합니다."

"그래? 그 좋은 자리 내버려 두고 하필이면 요즘 말이 많은 공안부로 옮긴다고 하는 것이지?"

"그러게 말입니다."

박수찬은 이성칠을 바라보며 물었다.

"어때? 괜찮겠어?"

"저야 박유주 검사가 온다면 환영이지요."

"그래? 그럼 문제될 것 있나? 사건 끝나면 곧바로 인사발령 내려서 공안부로 옮겨."

"예, 차장님."

서진석의 표정은 썩 좋지 못했지만 이성칠은 그저 무덤덤한 얼굴이다.

"…아까운 놈인데."

"키워서 개 준다고 생각하지 말고 그냥 인재를 공유한다고 생각해."

"……."

이리하여 유주의 부서 이동이 결정되었다.

*　　　*　　　*

천태수의 제1차 공판이 열리는 날, 엄청나게 많은 인파들이 몰려들었다.

찰칵, 찰칵!

검찰은 천태수의 조사를 거의 빛의 속도로 마무리 지었는데, 이 수많은 증거들을 바탕으로 혐의 일체를 증명해냈기 때문이라고 말했다.

덕분에 그는 예상보다 일찍 1차 공판을 받게 되었던 것이다.

"천태수 씨! 검찰 조사에서 한동안 묵비권을 행사했던데, 왜 그러신 겁니까?!"

"보셨잖아요? 제가 사람을 죽인 것. 그래서 입을 닫았습니다. 이미 다 아는데 뭣 하러 입을 엽니까?"

"그렇다면 김정문 의원은 왜 죽이신 겁니까?!"

"……."

그는 이번에도 입을 다물었고, 검찰청 조사관들은 그를 데리고 억지로 인파를 뚫었다.

"이러시면 곤란합니다! 어서 물러나세요!"

"천태수 씨! 한 마디만 더 해주십시오!"

"……."

침묵으로 일관하는 천태수에게 기자들은 한 마디라도 더 받아내고자 노력했으나 결과는 싱겁기 그지없었다.

그는 검찰청 조사관들의 손에 이끌려 서울중앙지방법원으로 향했다.

시민들은 법원으로 들어가는 그를 바라보며 두 갈래로 나뉘어 각기 다른 목소리를 낸다.

"잘했다! 그런 새끼는 확 죽어 버려야 했어!"

"살인자! 살인자다!"

시민들의 목소리가 두 갈래로 갈린다는 것은 평소에 김정문이 어떤 이미지를 가지고 있었는지 잘 나타내는 단면이라고 할 수 있었다.

사람들은 정치적 역량이 큰 김정문을 사회 주요 인사라고 생각하고 있긴 했으나, 그를 따라다니는 의혹들이 대부분 진실이라고 생각하고 있었던 것이다.

그래서 일부 여론들은 그가 법의 심판 대신 정의의 심판을 받은 것이라고 주장했다.

하지만 여전히 살인은 나쁜 것이라고 법치국가의 근간에 대해 역설하는 사람들도 있어 재판은 어떻게 풀릴지 과연 알 수가 없었다.

잠시 후 공판 현장에서 태하는 자신의 곁에 앉은 국선 변호사를 바라보며 말했다.

"미안합니다. 어차피 승산도 없는 싸움에 동원되도록 만들어서 말입니다."

"뭐, 이것도 일이니까요. 그나저나 정말 항소심은 생각하지 않으신 것이지요?"

"물론입니다. 저는 그냥 깔끔하게 감옥에 들어갈 겁니다. 변호사님은 그냥 사람들 눈총을 받지 않도록 최선을 다하시면 됩니다."

"그렇다면야……."

태하는 일부러 실력 좋은 변호사들을 고용하지 않고 영세하면서도 젊은 국선 변호사를 선임했다.

그는 태하의 형량을 줄일 만한 증거들을 마련하기 위해 백방으로 알아보았으나, 재판에 붙여질 본인 자체가 그럴 생각이 없어서 조금 난감해하는 상황이었다.

하지만 그는 이런 그의 청렴결백을 무기로 삼아 재판을 조금이라도 유리하게 이끌어갈 생각이었다.

잠시 후, 본격적인 재판이 시작되었다.

"사건번호 3256767번 2015―형사 54XXX. 제1차 공판을 시작하겠습니다."

법정이 정식으로 개정함에 따라 재판부가 속속들이 법정 안으로 들어섰다.

그리고 검사복으로 갈아입은 유주가 그들에게 깊이 고개를 숙였다.

재판부는 먼저 태하의 신분을 확인한다.

"피고인 천태수 씨, 본인 맞습니까?"

"예, 그렇습니다."

"좋습니다. 원고 측, 질의 시작하십시오."

"예, 판사님."

유주는 자리에서 일어나 태하에게 다가섰다.

"피고인, 당신이 천태수 본인이 맞습니까?"

"네, 그렇습니다."

"그럼 당신에게 묻겠습니다. 당신은 2012년 2월, SBC아트홀에서 38구경 리볼버 권총으로 국회의원 김정문 씨를 살해했습니다. 맞습니까?"

"네, 그렇습니다."

"좋습니다. 그럼 당신이 어째서 김정문 씨를 죽였는지 묻고 싶군요."

태하는 그녀를 바라보며 아주 또박또박한 투로 말했다.

"죄를 지은 사람은 벌을 받아야 합니다. 하지만 그놈은 아주 치밀한 놈이라서 어지간해선 검찰에 송환도 잘 되지 않습니다. 그래서 공권력이 하지 못하는 일을 대신 한 것이지요."

"그렇다면 그게 범죄행위에 대한 동기가 되겠군요?"

"예, 그렇습니다."

"좋아요, 그럼 다시 묻지요. 그를 징벌하게 되면 자신 또한 형벌을 받게 될 것을 알고 있었습니까?"

"물론입니다."

"그렇다면 스스로 갱생의 의지도 있다는 뜻이군요?"

"벌을 내리면 받겠습니다. 그게 현 제도의 한 면인데 어쩌겠습니까? 하지만 갱생이라는 단어는 저에게 어울리지 않을 것 같군요."

"그럼 자신의 혐의를 인정하되, 그것이 죄가 되지는 않을 것이라는 말씀이군요?"

"물론입니다. 이 나라는 법치주의 국가입니다. 벌 받을 사람을 처단하는 일은 당연한 것이라고 생각합니다."

"범죄를 저질렀으되, 그것이 죄가 아니다… 참으로 이상한 논리군요."

"다시 한 번 말씀드리겠습니다. 저는 사람을 죽였습니다만, 그것은 정당한 사유에 의한 살인입니다."

태하의 말에 법정이 술렁이기 시작했다.

웅성웅성—

그 옛날 지존파가 그랬듯, 자신들의 살인은 정당한 것이라고 말하고 있던 태하는 도저히 정상으로 보이지 않았다.

"……"

심지어 그를 변호하기 위해 이곳에 앉은 변호사 역시 그런 것 같았다.

유주는 여기서 바로 질의를 마친다.

"이상입니다."

"흠……"

사법부는 물론이고 참관인들 역시 태하가 무기징역을 선고받을 것임을 확신했다.

곧바로 변호사의 변론이 이어질 것이었지만, 사람들은 그가 무슨 얘기를 하든 별 신경을 쓰지 않을 것 같았다.

급기야 변호인은 스스로 변호를 포기하는 엄청난 행위를 저지르고 만다.

"…변호 포기하겠습니다."

"정말입니까? 정말 포기하시겠어요?"

"예, 재판장님. 이쯤에서 변호를 포기하는 편이 좋을 것 같습니다."

이윽고 재판부는 태하를 바라보며 묻는다.

"피고인, 새로 변호인을 고용해서 다시 재판을 받겠습니까?"

재판부는 태하에게 기회를 주었으나, 그는 당연하다는 듯이 고개를 가로저었다.

"변호는 필요 없습니다. 이 사람 역시 어쩔 수 없이 사건을 수임했습니다. 또 다른 한 사람의 커리어를 망치기는 싫습니다."

"정말 변호사 선임 권리를 포기하는 겁니까?"

"물론입니다. 벌을 주시려거든 빨리 주십시오. 저는 이 법정이 너무 불편해서 견딜 수가 없군요."

"…알겠습니다."

태하의 변호 거부 수락으로 인해 이제 남은 것은 재판부의 형 집행뿐이다. 하지만 사람들의 예상이 크게 빗나갈 것으로 보이지는 않았다.

이미 판사들의 표정이 딱딱하게 굳어버렸기 때문이다.

잠시 후, 법원은 그에게 형량을 선고했다.

"자, 그럼 판결문을 낭독하겠습니다. 피고 천태수는 생방송에서 권총으로 사람을 살해한 것으로 모자라 그에 대한 반성의 태도가 전혀 보이지 않는다. 또한, 사법부의 수사망을 교란하고 형 집행을 기피한 점을 들어 가중처벌하지 않을 수 없다. 이에, 재판부는 피고에게 무기징역을 선고한다."

탕탕탕!

이제 태하는 곧바로 구치소로 넘겨졌고, 2심과 3심이 끝나면 감옥에 수감될 것이었다.

4. 만남

서울 남부교도소로 새로운 죄수가 수감되었다.

"죄수번호 1524번, 3사 6방에 한다."

철컹!

길게 늘어진 복도를 중심으로 죄수들이 손을 흔든다.

"큭큭큭! 신참이 들어왔군! 며칠 간 재미있겠어!"

"이봐, 밖에서 뭘 얼마나 처먹고 들어왔어!"

수감자들은 새로운 죄수를 바라보며 나름대로의 환영인사를 해주었고, 그는 한껏 웃음을 지었다.

"하하하! 그래, 죄를 지었으면 감옥에 들어와야지! 하지만 난 죄인이 아니다! 이런 똥 덩어리에 버러지 같은 새끼들아!
너희들 같이 더러운 범죄자들과 나를 한데로 묶지 마라!"

"뭐야?"

"저 개새끼가?"

"큭큭큭! 인간쓰레기 놈들! 전부 다 싸잡아 불태워 버려야
한다! 법원은 그래서 있는 것 아니겠나?"

"저, 저런 미친놈이!"

"듣자 하니 이곳에서도 범죄행각에 따라 사람을 차별한다
고 하더군. 후후, 미친놈들! 어차피 범죄자들은 다 똑같아! 너
희들이 깨끗한 놈들이라고 발버둥 쳐도 변하는 것은 없어! 사
기꾼이나 살인자나 강간범이나, 모두 다 똑같단 말이다!"

그의 몇 마디에 수감자들은 거의 폭동 수준으로 소리를 지
른다.

쾅쾅쾅!

"저 새끼를 죽여 버리고 말겠어!"

"큭큭! 지금 죽여 봐야 다시 재판을 받고 무기징역밖에 더
살겠어? 죽이고 싶으면 죽여!"

"…그 말 후회하게 만들어주마!"

교도관들은 교정을 난장판으로 만들어 버린 그에게 경고했
다.

"입 다물어라. 정말 죽을 때까지 괴롭기 싫으면 말이다."

"후후, 당신두 나를 죽이고 싶은 건가? 그럼 죽여. 말리지 않아."

"…젠장, 골통이 들어왔군!"

아무래도 그는 죽음이 두려운 사람이 아닌 모양이었다.

교도관들은 그런 그를 뒤로 한 채 감옥의 철창살 밖으로 손을 내밀며 야단을 떠는 죄수들에게 소리친다.

"조용히 해라! 한 번만 더 시끄럽게 굴면 모두 다 후회하도록 만들어주마!"

"……"

그제야 조용해지는 교정, 우태는 감방 구석에 가만히 쪼그려 앉아 있다가 자신의 사동을 지나쳐가는 그의 얼굴을 가만히 바라본다.

"나는 죄인이 아니다! 나는 신성한 법을 집행한 집행관이다! 하하하!"

"…미친놈이군."

아무리 좋게 생각해봐도 저놈은 그냥 미친놈이라는 생각밖에 들지 않는다.

그는 조금이나마 관심이 생겼던 그에게서 이내 신경을 꺼버렸다.

그날 저녁, 우태가 머물고 있는 사동 바로 옆에서 구타 소리가 들려왔다.

퍽퍽퍽퍽!

아무래도 오늘 막 들어온 신참을 두드려 패는 모양이었다.

감녕은 그런 그들을 두고 고개를 가로저었다.

"쯧쯧, 그렇게 원수를 지고 싶을까?"

"어차피 무기징역을 받았으니 밖에서 만날 일이 없다고 생각하는 것 아닐까?"

"뭐, 그럴 수도 있겠지요."

교도소에서 쓰는 모포를 덮어놓고 마구 두드려 패는 이 악습이야말로 가장 먼저 없어져야 할 문제점이라고 생각하는 우태였지만, 그래도 저놈은 좀 맞아야 된다고 생각했다.

"아무리 같은 수감자라곤 해도 사람의 존엄성을 깎아내린 것은 너무한 일이었어. 어쩌면 저렇게 맞는 것이 당연한 일인지도 몰라."

"…정말 그렇게 생각하십니까?"

"사람이 벌 받을 짓을 하면 벌을 받는 것이 당연한 일이니까."

감녕은 그에게 타이르듯이 말했다.

"도련님, 이 세상에 악습을 당해도 싼 사람은 없습니다. 물론, 저놈이 좀 미친 짓을 한 것임은 틀림이 없습니다만, 그렇다고 사람을 저렇게 두들겨 패서는 안 되는 일이지요."

"흠… 감녕은 그렇게 생각해?"

"물론입니다. 제가 조직에 몸을 담은 지 20년이 훌쩍 넘었습니다만, 저 역시도 이해관계 없이 사람을 두들겨 팬 적은 없었습니다. 그게 주먹을 쓰는 사람의 철칙이라고 배웠으니까요."

"그렇구나."

우태는 그제야 자신이 잘못되었다는 것을 느낀다.

"그럼 내가 잘못한 것이군."

"잘잘못을 따지자는 것은 아니었습니다. 그저 도련님께서 바른 생각을 갖길 바랐던 것이지요."

"고마워, 감녕."

"아닙니다."

구타가 시작된 지 약 15분쯤 흘렀을까?

드디어 옆 사동에서는 사람 두드리는 소리가 멈추고 조롱 섞인 웃음소리가 들린다.

"큭큭큭! 바지를 좀 벗어봐! 물건이 얼마나 실하기에 그런 미친 소리를 한 것인지 궁금하군!"

"자, 박수!"

짝짝짝짝!

이곳 사동에는 신참들을 성희롱하는 행동들이 가끔 나타나곤 하는데, 오늘은 그 정도가 조금 지나친 것 같았다.

"바지를 내리라고 시키다니, 저건 좀 너무하군!"

"…망발을 지껄인 저 사람도 문제지만 저 미친놈들 역시 문제입니다. 사람을 저렇게까지 희롱하다니, 너무하군요."

아마도 우태는 그가 바지를 벗지 않으면 더 심한 구타를 당할 것이라고 생각했다.

하지만 그의 생각은 여지없이 빗나가고 만다.

"내가 바지를 벗기를 바라나?"

"이 새끼가 사람 말하는 것을 도대체 뭘로 들었어? 어서 안 벗어?!"

"큭큭! 미친놈들이군, 같은 남자끼리 성기를 보여 달라니 말이야. 혹시 네놈, 남자를 좋아하는 게이가 아니야?"

"뭐, 뭐라고?"

"그렇지 않나? 게이가 아니라면 도대체 무엇 때문에 남자의 거시기를 보여 달라는 것인가?"

"…이 새끼가 정말 미쳐 돌았나?!"

"큭큭큭! 미쳤지! 미쳤으니까 이곳 감옥까지 온 것 아니겠나? 크하하하! 그래, 난 미쳤다!"

그는 바지를 벗으라는 명령을 듣는 대신 갑자기 사동 안을 미친 듯이 뛰어다니며 고성방가를 질러댔다.

"내가, 내가 미친놈이다! 하하하! 내가 바로 미친놈이다!"

그리곤 이내 돌아서 자신을 구타했던 그들을 차례대로 폭행하기 시작한다.

퍼억!

"크헉!"

"아싸, 돌려차기! 그 다음엔 명치다! 들어와!"

"이런 미친놈이?"

퍼버버벅!

"쿨럭, 쿨럭!"

"큭큭큭! 이런 산송장 같은 새끼들!"

퍽퍽퍽퍽퍽!

놀랍게도 그는 5명이 넘는 수감자들을 단 1분도 안 되어 모두 제압한 후, 그들을 무자비하게 구타하는 것 같았다.

우태는 화들짝 놀라 감녕에게 물었다.

"저, 저게 과연 가능한 일이야? 5 대 1을 이겼어!"

"그, 그러게 말입니다. 놈이 제법 주먹을 쓸 줄 아는 모양입니다."

감녕은 어려서부터 쿵푸와 태극권을 익힌 사람이었기 때문에 2 대 1이나 3 대 1의 싸움도 거뜬히 이겨내곤 했다.

헌데 이렇게 비좁은 공간에서 5 대 1로 싸워 이긴다는 것은 상당히 어려운 일이었다.

"…의외로 대단한 놈이 들어온 것 같군요."

"그러게 말이야."

잠시 후, 그에게 두들겨 맞던 죄수가 매질을 견디다 못해 교도관을 부르기에 이른다.

"교도관! 교도관! 살려줘요!"

"뭐야, 무슨 일이야?"

"이놈이 닥치는 대로 사람을 두들겨 팹니다! 좀 살려주세요!"

"뭐라?"

이윽고 교도관 두 명이 제압용 둔기와 전기 충격기를 가지고 감방 안으로 들어선다.

"이놈!"

치지지지지지직!

"으허허허허억!"

교도관들은 감방 안으로 들어가 미쳐 날뛰고 있는 그를 단숨에 제압한 후, 포박을 실시하는 것 같았다.

그들은 구타의 참상을 바라보며 연신 고개를 가로저었다.

"세상에, 이렇게 무자비하게 구타를 하다니!

"골통이 들어왔다고 생각은 하고 있었지만 이렇게 미친놈인 줄은 몰랐군!"

"크하하하! 나는 죄인이 아니다! 이거 놔라!"

"미친놈이군, 정말 미친놈이야!"

교도관들까지 고개를 가로저을 정도로 대단한 골통이라니,

우태는 그에게 관심이 조금 쏠렸다.

"무식하기가 아주 천하무적인 수준이군."

"그러게 말입니다."

감녕은 그에게 행동거지를 조심할 것을 당부했다.

"도련님, 혹시나 저놈이 다가온다고 해도 절대 말을 섞지 마십시오."

"알겠어."

앞으로 독방에 당분간 처박혀 있을 그와는 만날 일도 없다고 생각하는 우태였다.

*   *   *

수감 첫날부터 사람을 피 떡을 만들어버린 태하는 그 즉시 독방에 갇혀버렸다.

"이런 미친놈, 여기서 조금 더 갱생하고 나와라!"

"큭큭! 갱생은 얼어 죽을! 그럴 일은 절대 없을 것이다! 크하하하!"

"…젠장, 어쩌다 저런 골통이 들어와 가지고!"

교도관들은 태하를 독방에 처넣곤 이내 돌아서 가버렸다.

이제 혼자만의 시간을 갖게 된 태하는 이곳에서 한동안 기공수련이나 하면서 지낼 요량이다.

"후우, 이제야 좀 살 것 같군……."

애초에 감옥에 들어온 이유가 원수를 갚음과 동시에 설우태를 데리고 나가기 위함이었던 태하는 성실한 수감자가 될 생각이 전혀 없었다.

때문에 첫날부터 미친 사람처럼 죄수들을 도발하여 유혈사태까지 벌였던 것이었다.

운이 좋았다면 정성식과 마주하여 그를 제거할 수도 있었겠으나, 지금은 그렇게 간단히 사람을 죽일 때는 아니었다.

정성식에게서 윗선을 알아내는 것이 먼저이기 때문에 허무하게 그를 죽이는 것은 불가능했던 것이다.

그리하여 그는 이곳에 머물며 천천히 기공수련이나 하다가 몇 번 더 유혈 사태를 만들어낼 생각이다.

그렇게 몇 번을 반복하다 보면 나갈 때까지 독방에서 썩거나 흉악범들만 모아놓은 사동으로 옮겨갈 수도 있을 것이기 때문이다.

무자비한 폭력을 휘두른다는 것이 썩 내키지는 않았던 태하지만, 지금으로선 어쩔 수 없는 일이다.

"별수 있나……."

이윽고 그는 정좌한 상태에서 낡은 고서를 한 장 꺼내들었다.

촤라라라—!

빠르게 넘어가는 책장의 안에는 명교의 암사들이 갈고 닦았던 대흑암심결이 들어 있었다.

대흑암심결은 이른바 맹인검사들, 그러니까 오로지 심검과 음검만을 이용하여 적을 제압하는 암사들을 위한 심법이었다.

이들은 오로지 극음의 검법을 익혔는데, 일월신교에선 극음의 기운만으로 만든 무공은 찾아볼 수가 없었다.

때문에 그들은 스스로 무공을 창안하여 갈고닦게 되었다. 하지만 극음의 기운은 명교 특유의 양기와 반대되기 때문에 서서히 그 명맥이 끊어지고 말았다.

하지만 천하랑은 10년 도주 생활 도중에 우연한 기회를 통해 대흑암심결을 얻었다. 그리고 그것을 북해빙궁 대서고에 보관하여 언젠가는 맹인들에게도 보편화된 심검을 가르치겠노라 다짐했었다.

물론, 천하랑은 그 뜻을 이루지 못하고 죽었으나 태하에겐 이것을 가르칠 만한 기회가 찾아왔다.

그는 이것을 우태에게 가르쳐 그가 스스로를 보호하고 더 나아가선 태하를 정명회의 대부로 올려줄 것이라고 확신했다.

때문에 그는 독방에 들어앉아 대흑암심결에 대해 공부하고 있었던 것이다.

하지만 태하가 대흑암심결을 익히기엔 이미 건곤대나이의

기운이 깊게 자리하고 있었기 때문에 실제로 연성하기는 불가능했다.

해서, 태하는 그저 지식밖에 없는 반쪽짜리 선생의 상태에서 우태를 가르칠 수밖에 없는 상황이었다.

"별수 없군. 일단 부딪쳐 보는 수밖에."

길고 짧은 것은 대어 봐야 아는 일, 그는 근 한 달이라는 시간 동안 천천히 대흑암심결에 대해 공부하기로 마음먹었다.

*　　　*　　　*

수감자 다섯을 때려눕히고 무자비하게 구타한 죄로 독방에 들어간 지 일주일, 태하는 그제야 다시 일반 사동으로 옮겨갈 수 있었다.

그러나 태하는 여전히 정신이 나간 사람처럼 주변 인물들을 무자비하게 구타하여 무려 다섯 번이나 독방에 들어갔다 나왔다.

그동안 그에게 얻어맞아 중경상을 입은 사람들만 무려 20명, 나머지는 심각한 부상을 입어 병원 신세를 지고 있었다.

교도소장은 그런 태하에게 평생 독방을 주려 했으나, 인권단체의 눈이 있어 그렇게 하지 못했다.

하여, 그는 원래의 계획대로 흉악범들이 득실거리는 6사동으로 전출되었다.

"6사 6방, 개방."

철컹!

감방 문이 열리고 태하가 안으로 들어서자, 저번과는 다른 눈빛의 죄수자들이 태하를 맞이했다.

"…그 골통이 들어왔군."

"큭큭, 이번에는 또 어떤 쓰레기들과 함께 생활하게 되려나?"

감방에 들어서자마자 이죽거리며 재소자들을 바라보는 태하, 그런 그에게 우람한 체구의 한 청년이 다가온다.

"어이, 미친놈. 여기는 저번 감방과는 달라. 잘못하면 대가리에 구멍이 나는 수가 있다고."

"그래? 어디, 네놈의 대가리에도 구멍이 나는지 한번 볼까?"

"이 미친놈이 정말!"

이윽고 청년은 웃통을 벗어 던졌고, 그로 인해 온몸 구석구석 빼곡하게 자리 잡고 있던 그의 문신이 그 화려한 모습을 드러냈다.

태하는 그런 그를 바라보며 실소를 흘렸다.

"큭큭, 네 몸뚱아리가 무슨 도화지냐? 그렇게 마구 그림을 그려놓게?"

"그래, 도화지다. 하지만 그 도화지에 맞으면 상당히 아플걸?"

"아니, 안 아플 것 같은데?"

"하룻강아지 범 무서운 줄 모른다더니, 딱 그런 모양이군!"

그는 말을 끝내자마자 갑작스럽게 태하를 향해 주먹을 뻗었고, 그 주먹은 정확히 태하의 턱을 향해 날아갔다.

부웅!

태하는 어쩌면 상당히 무식해 보일 수도 있는 그의 주먹을 바라보며 흥미로운 표정을 지었다.

'오호라, 길거리 싸움이로군. 일정한 형식이 없어. 하지만 상당히 빠르군. 군더더기도 하나 없고 말이야. 생각보다는 주먹을 쓸 줄 아는 놈이군.'

무릇 싸움에는 정형화된 무술만이 있는 것이 아니다. 이 세상에는 수많은 사람들이 살 듯이 그들이 가지고 있는 고유의 격투방식이 존재한다.

그런 그들의 격투방식들은 때론 정형화된 방식보다 훨씬 더 강력하게 발전하기도 한다.

아마도 이 청년은 자신의 방식대로 끊임없이 주먹질을 발전시켜 지금의 경지에 오른 것 같았다.

한마디로 지금 이 사람은 길거리 싸움에 도가 튼 진짜 '스트리트 파이터'라는 소리였다.

허나, 태하는 그런 그를 단 일격에 제압했다.

"그런 물 주먹으로 뭘 어쩌겠다는 거냐?"

그는 청년이 주먹에 자신의 주먹을 뻗었고, 그 즉시 주먹끼리 맞부딪쳐 충돌음이 발생했다.

빠악!

"끄아아아악!"

원래 주먹과 주먹이 부딪치면 각도에 따라서 상처를 입는 부위가 다르게 나타난다. 하지만 상처의 부위만 다를 뿐, 주먹이 부딪치면 상처를 입는 것은 매한가지다.

하지만 두 주먹의 강도가 너무 크게 차이가 난다면 얘기는 달라진다.

"내, 내 손! 내 손!"

"물 주먹이군. 이런, 손목까지 전부 다 나간 것 아니야?"

"이, 이런 괴물 같은 놈을 보았나!"

태하는 축 늘어진 그의 주먹을 바라보며 실소를 흘렸다.

"당연한 결과다. 두부와 바위가 부딪치면 당연히 으깨지는 것은 두부야. 명심하기를 바란다."

"……."

만약 태하가 평범한 사람이었다면 아마도 이 청년에게 흠씬 두들겨 맞아 형체를 알아볼 수 없을 정도로 얼굴이 일그러지고 말았을 것이다.

하지만 태하는 그런 일반적인 사람과는 거리가 멀었다.

"자, 그럼 이제 남은 네놈을 차례대로 요리해 볼까나?"

"…골통이로군. 나와 한판 붙자."

"넌 또 뭐야?"

"나도 주먹을 조금 쓰는데 말이야. 만약 병원 신세를 져도 불만을 토로하지 않겠다면 한판 붙어보고 싶군."

"매를 벌어? 뭐, 좋다. 대신 나에게 쳐 맞고 우는 일이 없었으면 좋겠군."

"이하동문이다!"

태하가 그에게 주먹을 들었을 때, 가만히 상황을 지켜보고 있던 한 중년인이 말했다.

"그만, 그만해."

"방장! 이놈은 맞아야 정신을 차릴 겁니다. 저에게 기회를 주시지요."

그는 고개를 가로저었다.

"아니다. 이놈을 이대로 가만히 내버려 두었다간 우리 방의 질서가 흐트러질 것이다."

"하지만……."

"이런 놈은 떼로 밟아 감방이 얼마나 지독한 곳인지 깨닫게 해줘야 해."

"알겠습니다. 그럼 그렇게 하시죠."

이윽고 물러서는 청년 둘, 태하는 실소를 흘린다.

"큭큭큭! 아주 생 지랄들을 떨고 앉았군."

"뭐라……?"

"어차피 범법 행위 저지르다 들어온 놈들끼리 질서를 운운하다니, 지나가던 개가 웃겠군."

"정말이지 말로 해선 안 될 놈이군!"

"그걸 이제야 알았나? 말로 해서 안 될 것 같으면 주먹으로 해야지. 안 그래?"

"이런 빌어먹을 놈, 쳐!"

"예, 방장!"

이내 일제히 덤벼드는 재소자들, 태하는 슬그머니 미소를 지었다.

"지옥이 무엇인지 똑똑히 깨닫게 해주마!"

＊   ＊   ＊

새벽녘의 감방, 밤 시찰을 도는 교도관은 6사 6방에서 들리는 구타소리에 슬그머니 고개를 돌렸다.

퍽퍽퍽!

6사 6방은 지독하기로 소문난 흉악범들이 들어가 있기 때문에 어지간한 사람들은 뼈도 못 추린다고 알려져 있다.

교도관은 오늘이야말로 태하가 큰코다칠 것이라고 확신했다.

"저 골통 자식, 오늘이야말로 난리를 친 대가를 치르게 되겠군!"

살인으로 25년을 받은 사람부터 조직폭력으로 잡혀 들어온 조폭 수뇌부까지 있는 그곳에서 살아남을 사람은 아마 없을 것이다.

그는 느긋한 표정으로 6사 6방을 지나쳤다.

"후후, 적당히 하라고. 교도소장님이 들으시면 뭐라고 한 말씀하실 테니까."

"…걱정하지 마십시오."

누군지 모를 목소리가 들렸음에 그는 안심하고 고개를 돌렸다.

그러나 그 안에선 생지옥이 펼쳐지고 있었다.

최충선은 아까부터 온몸이 얼어붙어 움직일 수 없는 자신의 처지를 비관하고 있었다.

'이놈은 괴물이야! 괴물이 틀림없어!'

이 세상에는 아주 다양한 종류의 사람들이 존재하고 있지만, 결단코 이렇게까지 기이하고 요상한 술수를 쓰는 사람은 결단코 본 적이 없었던 최충선이다.

태하는 이들에게 반사혈을 점혈하여 피가 아주 서서히 거꾸로 솟도록 만들었다.

구타를 해서 사람을 때려눕힌 것만으로도 모자라 피가 역류하는 고통을 수반한다는 것은 끔찍하게 이를 데 없는 일이었다.

"나는 너희들의 사혈을 반쯤 찔렀다. 물론 이대로 죽지는 않을 것이다. 하지만 너무 거칠게 반항했다간 정말로 사지가 찢겨져 나가는 수가 있다."

"……."

그의 앞에선 살인 청부업자도, 조폭도, 사기꾼도 입을 열 수가 없었다. 또한, 몸을 움직일 수도 없었으며 손가락 하나 까딱하는 것도 힘들었다.

이 느낌은 마치 사자의 앞에 선 쥐가 공포로 물들어 아무것도 할 수 없는 느낌이었다.

최충선은 이런 느낌이 무엇인지 이제야 깨닫는다.

'공포, 공포다! 이놈은 공포 그 자체야!'

사람이 옴짝달싹 할 수 없을 정도로 지독한 공포, 태하는 그들에게 있어 극한의 공포로 다가왔던 것이다.

태하는 꼼짝하지 못하고 앉은 그들을 발로 아무렇게나 걷어차고 있었는데, 그때마다 감방 벽에는 선혈이 가득 튀었다.

빠악!

"쿨럭!"

좌락!

"이제부터 내가 하는 말을 잘 듣기 바란다. 앞으로 나에게 반항하는 놈들은 이렇게 죽기 직전까지 쳐 맞다가 잠이 들 것이다. 그리고 일어나면 다시 이렇게 구타를 당하겠지. 알겠나? 더 이상 지옥을 맛보고 싶지 않으면 조용히 찌그러져 사는 것이 좋아."

"아, 알겠……."

"후후, 그래. 알았으면 되었다. 이제 계획했던 30분만 더 맞고 자자고. 그래야 내가 다시 한 번 독방에 다녀올 것 아니야?"

"……."

스스로 독방을 자처하는 그가 악마로 보이는 최충선이다.

다시 한 번 최충선을 구타하려던 태하, 바로 그때였다.

"어이, 안 자고 뭐해? 이해해 주는 것도 한계가 있어. 그만 때리고 자라고."

"하하, 30분 남았습니다. 조금만 더 패고 자겠습니다."

"허, 허억!"

피로 범벅이 되어버린 감방 안을 바라본 교도관이 재빨리 비상벨을 울렸고, 교도고 내부에 상주하고 있던 안전 요원들이 달려 나왔다.

삐익!

"무슨 일이십니까?!"

"이놈이 또 사람들을 쥐어 패고 있다! 놈을 끌어내!"

"네, 알겠습니다!"

이내 문을 따고 들어온 안전 요원들은 태하를 일순간에 포박했으나, 그는 여전히 소름끼치는 미소를 짓고 있었다.

"후후, 조만간 다시 보자고. 애송이들⋯⋯."

"⋯⋯."

6사 6방의 다섯 명은 태어나 처음으로 극한의 공포를 맛보았다.

*　　　*　　　*

일주일 후, 태하는 독방에서 마지막 경고를 받고 다시 6사 6방으로 돌아왔다.

"다시 한 번 사고를 치면 영원히 독방행이다. 알겠나?"

"명심하겠습니다."

"들어가."

끼이익.

태하는 교도관의 인도에 따라 감방 안으로 들어갔고, 그는 자신이 무자비하게 구타했던 다섯 명과 다시 조우한다.

"와, 왔나?"

"무식한 놈, 다시 한 번 더 구타하면 평생 감옥에서 고생하도록 만들어주마!"

그는 자신을 바라보며 으름장을 놓는 1658번을 바라보며 말했다.

"그 말, 감당할 수 있겠나? 당장 오늘 네놈의 뼈를 발라서 점심으로 먹을 수도 있는데?"

"……"

태하의 눈빛에 압도당한 그들은 이내 슬그머니 감방 구석으로 기어들어 갔다.

그는 자신을 구타한 다섯 명에게 말했다.

"어이, 다들 이쪽으로 와봐."

"…며, 명령하지 마라!"

"쓰읍!"

태하는 말을 안 듣는 몇몇에게 손을 들어보였고, 그제야 그들은 쭈뼛쭈뼛 발걸음을 옮긴다.

"쳇, 무서워서, 쫄아서 그런 것은 절대로 아니야! 그냥, 사동의 평화를 위해서 움직이는 것뿐!"

"누가 뭐라고 했나? 정말 쳐 맞기 전에 이쪽으로 어서와."

"아, 알겠다."

자신을 필두로 모인 다섯 명, 태하는 그들에게 품속에 잘 갈무리하고 있던 사진 한 장을 꺼내어 보이며 물었다.

"이 사람에 대해서 아는 것이 있나?"

"으음? 이놈은 같은 교도소에 있는 넙치 파 식구 아니야?"

"넙치 파?"

"그래, 넙치 파. 아마도 넙치 파 행동대장이 이놈일걸? 대한 그룹 이사를 죽이고 스스로 감옥에 들어왔다던데?"

"그렇군······."

목덜미와 손가락까지 전신에 문신이 가득한 그를 바라보며 태하가 물었다.

"그런데 너는 이놈에 대해 어떻게 알지?"

"나도 그놈들과 한솥밥을 먹던 사이니까."

"건달이냐?"

"건달이라기보다는 블루문에서 일하다 감옥에 들어왔지."

"블루문이라······."

블루문이 건달로 이뤄진 회사라는 사실은 공공연하게 알고 있지만 굳이 입 밖으로 내놓지 않는 일이었다.

어쩌면 그는 자신의 뒤에 블루문이 있다는 사실을 은연중에 인식시켜 태하를 짓누르려는 것 같았다.

하지만 그것은 크나큰 착각에 불과했다.

"어이, 네놈, 이름이 뭐냐? 정확하겐 무엇을 하던 놈이고?"

"내, 내가 왜 네놈에게 그런 것을 말해야 하나?"

"그렇지 않으면 당장 네 정강이가 부러질 것이니까."

"······."

그는 우물쭈물 자신에 대한 소개를 늘어놓는다.

"나, 나는 블루문 휘하에 있는 낙성 파 조직원 임윤식이다."

"임윤식이라. 그 나이에 건달 짓을 하고 있는 것을 보면 조직 내에서 위치가 좀 높았던 모양이군?"

"한 세 번째쯤 되나? 하지만 우리 같은 군소 조직에서 윗대가리에 있어봤자 좋을 것 없어. 그래서 화끈하게 블루문이 지시한 일을 해주고 감방에 들어왔지. 아마 내가 나가는 순간 외제차에 고급 빌라가 준비되어 있을 걸?"

"흠, 그렇군."

태하는 조직에 꽤 깊이 몸을 담았을 그에게 자신의 소식통이 되라고 명령했다.

"앞으로 너는 내가 필요한 정보를 그때그때 알려다오."

"뭐, 뭐? 내가 왜 그래야 하는데?"

"이감을 갈 것이 아니라면 그냥 내가 시키는 대로 움직이는 편이 좋을 것이다."

"…알겠다."

임윤식은 의외로 단순한 사람인지 조금만 윽박을 질러도 고분고분 태하의 말을 들었다.

그는 이제 남은 사람들에게도 임무를 하나씩 일임했다.

"어이, 거기 비쩍 마른 놈."

"나, 나?"

"넌 이름이 뭐냐? 뭐 때문에 이곳에 왔지?"

"…내 이름은 김강철이다. 특수 절도로 8년을 받고 이곳에 왔지."

"절도라? 무엇을 훔치다 온 것인가?"

"시가 500억에 달하는 보석을 훔치다가 붙잡혔어. 젠장, 잘 하면 평생 경찰들 얼굴 보지 않고 살 수 있었는데……."

"으음, 씨알이 제법 굵은 녀석이었군."

"다른 것은 몰라도 물건 훔치는 것 하나는 타고 났으니까."

"좋아, 너는 그럼 내가 시키는 대로 물건을 그때그때 훔쳐와 라. 그럼 앞으로 두들겨 맞는 일은 없을 것이다."

"물건 훔치는 것이면 되는 건가?"

"물론이다."

"그래, 좋아."

감방에선 주먹이 센 사람이 왕이고 방장의 통제는 그저 허울에 불과한 것이다.

때문에 태하의 지시는 방장에게까지 내려간다.

"어이, 방장."

"…뭔가?"

"너는 이름이 뭐냐? 죄목은 또 뭐고."

"최충선이다. 사기 및 주가 조작으로 10년을 받았지."

"사기?"

"페이퍼 컴퍼니를 세워 투자금을 유치하고 주가를 조작했다. 내가 이쪽에선 사기로 거의 아트의 경지에 오른 사람으로 통하지."

"후후, 그런가? 그렇다면 네놈도 이 분야에선 최고로 손꼽히는 녀석이겠군."

"그렇다고 볼 수 있지."

"좋아, 그럼 너는 앞으로 내가 시키는 대로 헛소문을 퍼뜨리거나 사람을 포섭하도록 한다."

"…아무리 그래도 내가 방장인데 네가 시키는 대로 움직이면 품위가 좀 떨어져."

"그럼 쳐 맞을까?"

"아니다……."

태하는 죄목도 다양한 그들의 신상 명세에 대해 계속 물어간다.

"이 감방은 아주 죄목들이 다양해서 좋군. 어이, 거기 눈빛 살벌한 놈. 너는 무슨 죄로 여기까지 왔나?"

"…살인."

"살인… 나와 죄목이 같군."

그는 태하가 자신과 같은 취급을 받는 것이 상당히 싫은 모양이었다.

인상을 확 찌푸린 그가 말했다.

"나는 원한에 의해 사람을 죽이지 않는다. 너희처럼 충동적으로 사람을 죽이는 녀석들과는 달라."

"그럼 뭐야? 살인자면 다 같은 살인자 아니야?"

"아니다. 나는 의뢰에 의해 사람을 죽일 뿐, 원한에 의해 사람을 죽이는 사이코가 아니란 말이다."

"…미친놈, 사람을 죽이는 것은 다 똑같은 것 아닌가? 또, 원한 없이 계획적으로 사람을 죽이는 것은 인간 백정이 아니고 뭐겠어?"

"아무튼 네놈과 나는 달라."

태하는 그의 몸에서 풍겨져 오는 비릿한 피 냄새가 상당히 진하다는 것을 알 수 있었다.

'한두 명 죽인 놈이 아니군. 이놈은 프로다. 프로 살인 청부업자가 분명해.'

어제 태하에게 두드려 맞은 것은 아마도 현경의 경지에 오른 태하를 도저히 이길 수 없었기 때문이었을 것이다.

만약 그렇지 않았다면 지금쯤 그는 이 방에서 가장 위험한 인물이었어야 했다.

"네놈도 무기수겠군?"

"25년이다. 무기수는 아니고."

"그렇군. 좋아, 네놈에게 의뢰를 하나 하도록 하지."

"의뢰?"

"나와 함께 사람 한 명만 죽이자."

"…미쳤군. 지금 네가 무슨 개소리를 하는 것인지 알고는 있는 건가?"

"잘 알지. 살인 교사."

태하의 직접적인 부탁에 그는 고개를 가로저었다.

"미친 자식이군. 상종을 하지 말아야겠어."

"뭐, 예상했던 반응이야. 하지만 너는 내가 하자는 대로 따를 수밖에 없을 거야. 조만간 그 이유에 대해서 뼈가 저리도록 깨닫게 해주지."

"……."

이윽고 태하는 아주 반반하게 생긴 청년과 비실비실한 청년 둘에게 물었다.

"너희들은 죄목이 뭐야? 이름은 뭐고."

"난 이성민이다. 죄목은… 간통 및 사기다……."

"아하, 제비군."

"…사랑꾼이라고 해줘."

"후후, 알겠다. 사랑 제비. 넌 이름이 뭐야?"

비실비실하고 눈 밑에 짙은 음영이 드리워진 그는 들릴 듯 말 듯한 소리로 말했다.

"…불법 트래킹으로 인한 지적 재산 피해, 10년을 받았어."

"해커라는 소리군?"

"그래, 난 해커 챕스틱이야."

"챕스틱?"

"내 별명이야. 앞으론 그냥 챕스틱이라고 부르면 돼."

"챕스틱이라, 재미있는 놈이군."

태하는 이곳에 모인 사람들의 재능이 꽤 쓸 만한 것이라고 생각한다.

'그래, 앞으로 내가 이 녀석들을 요긴하게 쓸 수 있을 것 같군.'

그는 머릿속으로 새로운 청사진을 그려나가기 시작했다.

5. 신세계를 위해

  점심시간이 조금 지난 감옥 안, 죄수들이 모두 운동장으로
나와 자율 운동을 즐긴다.

  어떤 이들은 농구나 축구 같은 구기를 즐기기도 했고 어떤
이들은 몸을 만들기 위해 근력 운동에 매진하고 있었다.

  태하는 그런 죄수들 사이에서 망중한을 즐기고 있는 설우
태에게 다가갔다.

  "어이, 꼬맹이."

  "……."

  "뭐하나? 여기서 이러고 있으면 좋아?"

"…말 걸지 마세요. 당신처럼 정신이 좀 이상한 사람은 싫습니다."

태하는 지금 감옥 안에서 골통에 정신병자로 낙인이 찍혀 버렸다. 때문에 점심식사를 하는 도중에도 사람들은 그의 곁은 되도록 피해서 먹곤 했다.

그는 씁쓸한 웃음을 지으며 말했다.

"쯧, 그런 선입견은 별로 좋지 않은 편향인데 말이야. 모든 편향이 나쁜 것은 아니지만 되도록 편향은 갖지 않는 것이 좋아."

"……."

태하는 설우태가 더 이상 입을 열지 않자, 슬슬 자리를 옮기기로 한다.

"다음에 또 보자고. 난 개인적으로 너 같은 아웃사이더가 좋더라고."

"…난 싫어요. 그냥 가세요."

"후후, 아마 또 볼 수밖에 없을 걸?"

설우태와 친해져야 하는 태하의 입장에선 매번 이렇게 얼굴을 마주해야겠으나, 입장을 바꿔보면 설우태에게 태하는 그냥 귀찮은 존재 그 이상도, 이하도 아닐 것이다.

하지만 그는 계속해서 그의 관심을 끌기 위해 노력해야 했다.

'까다로운 꼬맹이군. 하지만 그 까다로움이 언젠가는 도움이 될 날이 오겠지.'

그는 설우태와의 만남을 다음으로 미루기로 한다.

태하의 수감 한 달째, 이제 그는 슬슬 감옥에 적응해 나가는 중이었다.

하루의 일과들을 그저 짜인 대로 해내고 밤에는 잠자리에 드는 반복에 익숙해져 가는 것이었다.

그런 그의 일과 중에서도 태하가 가장 신경 쓰는 것이 있었다.

그것은 바로 설우태와 가까워지려는 노력이었다.

"어이, 꼬맹이."

"또 왔군요. 지겹지도 않아요?"

"큭큭, 지루한 일상에 너 같은 새침때기를 보는 것도 하나의 낙이라고나 할까?"

"…변태군요."

"그렇다고 남자가 취향이라는 것은 아니야. 그냥 네 반응이 재미있다고 생각해. 그뿐이야."

태하가 그에게 추근덕(?)거리고 있을 때, 저 멀리서 건장한 체구의 중년인이 다가왔다.

"이봐, 그 청년에게서 떨어지지 못해?"

"이 아저씨는 또 뭐야?"

"알 것 없다. 그냥 떨어져."

"후후, 싫다면?"

"네가 원하는 것이 뭔지는 몰라도 지금 꺼지지 않으면 아주 매운 맛을 보게 될 것이다."

"후회하지 않을 자신 있어?"

"이하동문이다!"

척!

태하는 태극권의 기본자세를 취하는 그를 바라보며 흥미로운 표정을 지었다.

'무당의 권법을 사용하는 모양이군. 태극권이라, 꽤나 재미있는 싸움이 되겠군.'

그는 진기를 모두 다 빼고 오로지 초식으로만 그를 상태하기로 한다.

"싸우는 것은 좋지만 문제를 삼진 않았으면 좋겠군."

"물론이지!"

죄수들은 태하와 감녕의 싸움을 구경하기 위해 구름처럼 몰려든다.

"싸워라, 싸워라!"

"시작해, 뭐해!"

태하는 건곤일식으로 그를 제압하기로 했다.

태극권은 공격보다는 방어에 더 치중한 되치기 무술이기 때문에 태하의 선공은 거의 필수라고 할 수 있다.

그는 먼저 감녕의 얼굴을 노리고 들어간다.

파바바밧!

태하는 건곤일식의 구결 중 왕섭무와 나한천수를 섞어 감녕을 공격했다.

'왕섭무!'

왕섭무는 마치 왕의 시녀가 사용하는 왕섭을 펼친 것 같은 형식의 권법이다.

상당히 부드럽고 느린 권이지만 그 부드러움과 느림 속에 엄청난 한 방을 간직한 초식이라고 할 수 있다.

태하가 왕섭무의 일권을 뻗자, 감녕은 곧바로 태극권으로 응수한다.

"허업!"

그의 주먹을 옆으로 흘리며 마치 회오리가 몰아치듯 재빨리 초식을 전개하는 감녕이었다.

휘리리리릭!

"어쭈구리, 제법이구나!"

"흥! 그 주둥이를 곧 닫치게 만들어주마!"

감녕은 태하의 복부로 팔꿈치를 찔러 넣었다.

"풍진권!"

퍼엉!

바로 그때, 태하는 그의 팔꿈치에서 뻗어 나오는 아주 희미한 흰색 기운을 발견했다.

'진기?!'

도대체 얼마나 무술을 연마한 것인지 알 수는 없지만, 그는 라일라와 마찬가지로 이제 막 진기를 느끼기 시작한 것 같았다.

만약 이 권을 평범한 사람이 맞는다면 십중팔구 뼈가 부러질 터였다.

태하는 이곳에서 인재를 찾았다고 생각한다.

'후후, 내가 재수는 좀 있는 편인 모양이군. 설마하니 후계자의 곁에 이런 고수가 숨어 있을 줄은 몰랐어!'

그는 기쁜 마음으로 싸움을 끝내기로 한다.

"자웅을 더 겨루고 싶지만, 그랬다간 간수들이 들이닥치겠어!"

"흥! 또다시 독방에 가는 것이 두렵나?"

"후후, 독방보다 네가 손발이 묶일까 봐 두려운 것이지."

이윽고 태하는 그의 손을 나한천수로 휘감은 후, 곧게 권을 뻗었다.

'건곤일식, 적풍!'

파앙!

"크헉!"

태하의 일수에 당한 감녕은 복부를 부여잡은 채 기절하고 말았다.

그리고 태하는 바닥에 대자로 뻗어버린 그를 부축하여 감방 안으로 향했다.

＊　　　＊　　　＊

이른 아침의 면회실, 이곳으로 한 사내가 터덜터덜 걸어 들어갔다.

"2561번, 면회 시작이다."

"예, 알겠습니다."

이윽고 면회실로 들어선 사내는 한 여자와 마주하게 되었다.

긴 생머리에 백옥같이 흰 피부, 그녀는 전형적인 동양인 미녀의 형상을 하고 있었다.

그녀는 면회실 강화플라스틱에 종이 한 장을 꺼내어 보여주며 말했다.

"도면이다. 공이와 함께 건네줄 테니 먹어서 운반하든 옷에 감춰서 운반하든 재량껏 해라."

"그래, 좋아."

CCTV의 화면이 두 사람을 지켜보고 있으니, 그녀는 자리에서 살짝 일어나 사내의 연인인 척 유리에 두 손을 가져다 댄다.

척!

이렇게 하면 누가봐도 그저 연인이 보고 싶었던 여자로밖에 보이지 않을 것이다.

그녀는 자신의 몸통으로 CCTV를 가린 채 그 구멍으로 권총의 공이와 그 도면을 함께 말아 집어넣는다.

"흑흑흑!"

그리곤 간수가 듣기 좋으라고 일부러 대성통곡하는 연기까지 감행했다.

이쯤 되면 아무리 냉혈한이라고 해도 면회실에서 작당모의를 했다고 생각하지는 않을 것이다.

사내 역시 자리에서 일어나 그녀에게 손을 뻗었고, 아주 교묘하게 그것을 받아들었다.

"사랑해! 조금만 기다려!"

"흑흑흑! 알겠어요!"

있지도 않은 사랑 타령으로 한차례 신파극을 찍은 두 사람은 이내 다시 자리에 앉았다.

두 사람은 손수건과 소맷자락으로 연신 눈가를 비비며 말했다.

"나머지 물건들은 어떻게 전달되었나?"

"사식과 소포로 전달이 된 것으로 안다."

"…그게 정말 가능했단 말인가?"

"아무리 사식이나 소포라곤 해도 사람이 검수하는 것이니까."

"거참……."

"아무튼 임무에 실수가 있어선 안 된다. 명심해."

"물론."

이윽고 면회시간을 모두 채운 두 사람은 다시 한 번 눈물을 짜낸다.

"흑흑! 자기야, 다시 올게!"

"건강해야 해! 꼭이야!"

그렇게 두 사람은 진한 신파극을 찍은 후, 각자의 길을 향해 돌아섰다.

*　　　*　　　*

3사 5방 안, 우태는 무려 네 시간이 넘도록 자리에서 일어나지 못하는 감녕을 걱정스러운 눈으로 바라본다.

"감녕 아저씨, 어서 일어나… 아저씨마저 없어지면 난 어떻게 하라고……."

지금까지 그가 감옥 안에서 비교적 편하게 생활했던 것은 모두 감녕의 안배 덕분이었다.

그는 교정직 공무원들에게 5억에 가까운 뒷돈을 뿌려 우태가 편하게 생활할 수 있도록 돕고, 우태에게 달려드는 사람들을 무력으로 제압하여 두었다.

때문에 지금까지 우태가 이곳에 살면서 험한 꼴 한 번을 안 당하고 살아갈 수 있었던 것이다.

하지만 만약 그런 그가 이대로 영영 일어서지 못하게 된다면 과연 우태의 앞날이 어찌 될지는 알 수가 없었다.

"제발 좀 일어나……."

"쿨럭, 쿨럭!"

그의 정성이 갸륵했던 모양인지, 감녕은 쓰러진지 네 시간 반 만에 겨우 자리에서 일어섰다.

"도, 도련님……."

"괜찮아?! 난 아저씨가 영영 못 일어나는 줄 알았어!"

"후후, 그럴 리가 있습니까?"

감녕은 자신을 간호하던 우태에게 물었다.

"그나저나 저를 이곳까지 데리고 온 사람은 누구입니까?"

"…그 미치광이 자식이 데리고 왔어. 미친놈, 자신이 두들겨 패놓고 무술의 고수이네. 뭐네 하면서 아저씨를 이곳까지 부축해 오더라고."

"그렇군요……."

감녕은 자리에서 일어난 후에도 잠시 멍해진 표정으로 천장을 바라봤다.

"……."

"아저씨?"

"…그놈, 보통 놈이 아닙니다. 아무래도 옛날 사부님이 말씀하셨던 그 화경의 경지라는 것이 정말로 있는 모양입니다."

"화경?"

"삼국지에 나오는 여포를 아십니까?"

"잘 알지. 싸움을 잘하기로 유명하잖아? 머리는 좀 나빠도 말이야."

"네, 그 여포 말입니다. 전해져 오기론 삼국지에 나오는 무장들 중 가장 강력하다고 알려져 있지요. 병사 100명과 싸워도 절대 밀리지 않는 괴물로도 유명하고요."

"으음, 그래. 그 여포. 근데 갑자기 여포는 왜?"

"그 여포가 바로 화경의 고수였다고 하더군요. 화경, 그러니까 사람이 무술로 오를 수 있는 최고의 경지가 바로 화경이랍니다. 여포가 바로 무술의 달인이었다는 소리지요."

우태는 고개를 갸웃거린다.

"뭐야, 그럼 저 미친놈이 여포와 비견될 정도로 고수라는 소리야?"

"어쩌면요……."

"허, 허어!"

"아직 화경의 고수라는 것은 알 수 없습니다만, 확실한 것은 제가 겪어본 사람들 중에 저 사람이 가장 세다는 겁니다. 다만, 저렇게 특이한 무공이 있다는 소리는 못 들어봐서 그게 좀 의문이군요."

"그래?"

무당산에서 기거하는 무당파 87번째 지파인 여류신지파의 속가제자였던 감녕은 중국 무술 대회에서 몇 번이고 장원에 올랐던 사람이다.

그는 10년이 넘도록 대회에 나가면서 소림은 물론이고 중국에 있는 모든 무술을 두루 경험해 왔다.

하지만 그의 경험상 저렇게 특이한 무술이 있다는 소리는 들어본 적이 없었다.

"그렇다고 한국의 수박이나 태권도도 아니고, 이것 참……."

"그게 그렇게 중요한 일인가? 놈이 무슨 권법을 쓰는 것이?"

"최소한 그가 어디서 무엇을 하던 놈인지 알아볼 수는 있으니까요. 그 문파의 권법에 정통했다는 것은 정식 제자라는 소리입니다. 그러니 어떤 무술을 쓰는지 알아두면 좋지요."

"그렇군."

"흐음, 화경의 고수라……."

오랜만에 감녕의 눈빛이 반짝이는 것 같았다.

*　　　*　　　*

이른 아침, 태하는 정성식에 대한 정보들에 대해 전해 듣고 있었다.

슥삭슥삭―

교정을 청소하는 시간에 맞춰 임윤식이 태하에게 자신이 알아본 바에 대해 설명했다.

"정성식은 살인죄로 이곳에 들어왔지만, 어쩐 일인지 조직 원들이 그의 뒤를 봐주고 있다고 하더군."

"그게 특별한 일인가?"

"뉴스도 못 봤어? 그놈은 개인적으로 돈을 받고 사람을 시멘트 덩어리로 만들어 버렸다고. 잘못하면 조직이 두 쪽 날 수도 있는 큰일인데 부하들을 붙여준다? 뭔가 좀 이상하지 않아?"

"흠……."

"만약 내가 보스였다면 이미 놈을 한강 다리 밑에 집어 던져 버렸을 거야. 그편이 조금 더 안전하지 않겠어?"

"듣고 보니 그렇긴 하군."

아마 그는 태하의 가족들을 죽인 대가로 호의호식하여 감옥에서 여생을 보낼 것으로 보였다.

태하는 자신이 살아 있는 한, 그런 일이 절대로 벌어지도록 내버려 두지 않을 것이다.

"놈이 있는 방은 어디야? 알아 봤어?"

"듣기론 6사 7방에 있다고 하더군. 아마 네가 작업하러 나가는 종이공예품 공장과 그리 멀지 않을 거야."

"그렇다면 놈이 하는 작업은?"

"유리공예. 놈은 요즘 컵을 만드는 유리공예를 배우고 있대. 조만간 직접 작업에 투입될 것 같아."

"그렇군."

태하는 생각보다 훨씬 더 쓸 만한 그를 바라보며 말했다.

"앞으로도 이렇게 소식통이 되어줘. 만약 내가 밖으로 나간다면 너에게 보수를 두둑이 챙겨줄게."

"쳇, 말은 뭘 못하나? 무기수 주제에 나를 어떻게 챙겨준다는 것이지?"

"그거야 두고 볼 일이고."

태하는 이제 정성식의 얼굴을 익히고 그를 제거하기 위한 계획에 착수하기로 한다.

"어이, 청부업자."

"…말해라."

"사람을 가장 티 안 나게 죽이려면 어떻게 해야 하지?"

"몰래 죽이면 된다."

"몰래?"

"살인 청부에는 기본 사항들이 몇 가지 있다. 첫 번째론 목격자가 없어야 한다. 두 번째는 흔적을 남기지 말아야 한다. 이 두 가지만 지켜져도 절대 티가 날 수가 없지."

"흠……."

"교도소 안에서 사람을 죽인다고 했나?"

"그렇다."

그는 태하에게 가장 안전한 방법을 일러줬다.

"외상이 남는 것은 피해야 한다. 피가 낭자하면 사람을 죽였다고 광고를 하는 셈이 되거든. 또, 너무 대놓고 급사하는 독은 사용하면 안 된다. 그 또한 사람을 죽였다고 공표하는 것이니까."

"그럼 어떻게 죽여야 하지?"

"만성 중독으로 만들어야지."

"만성 중독?"

"이 세상에는 사람을 죽이는데 유용한 독들이 아주 많다. 그중에는 사람을 서서히 죽도록 만드는 독도 있어. 이를 테면 인디언 포이즌이나 화죽나무의 열매 같은 것들이지."

"인디언 포이즌?"

"서서히 간이 쪼그라들면서 죽는 독이다. 미 대륙의 원주민이었던 한 부족에서 사용하였다고 해서 인디언 포이즌이라고 부르지. 화죽나무 역시 비슷한 증상으로 사람이 죽어. 그래서 사람을 뒤주에 가둬놓고 고통스럽게 죽일 때 사용되곤 했지."

태하는 살인에 대한 지식이 무척이나 해박한 그가 신기하게 느껴진다.

"무슨 살수도 아니고, 살인에 대한 지식이 아주 풍부하군."

"말하지 않았나? 나는 돈을 받고 사람을 죽여주는 청부업자다. 이 분야에 대해선 전문가라고 할 수 있지."

"후후, 그래. 그런 것 같아."

이제 태하는 그를 죽이기 위해 어떤 방법이 가장 좋을지 고민해 보기로 했다.

*　　　*　　　*

점심시간이 되자 식사를 하기 위해 죄수들이 식당으로 향했다.

웅성웅성—

아침은 사동으로 배달이 되지만 점심은 모든 죄수들이 식당에서 배식을 받게 된다.

태하는 지금까지 한 달 동안 매일 같이 혼자서 밥을 먹었었지만, 이제는 같은 방의 사람들은 물론 감녕과 우태까지 합석

해 먹었다.

"쩝쩝……."

"김치가 별로면 나에게 좀 줘. 야채볶음을 줄게."

"그래, 좋아."

일행은 서로의 반찬을 나누어 먹으면서 조금씩 하나의 공동체가 되어가고 있었다.

얼마 전까지만 해도 우태와 태하를 붙여놓으면 안 될 것 같다고 생각했던 감녕 역시 생각을 고쳐먹었다.

오히려 그는 요즘 태하와 무술에 대한 얘기를 나누느라 정신이 없었다.

"…건곤일식이라. 처음 들어보는 무술이군."

"아주 오래전에 만들어진 권법이라고 들었다. 내가 익힌 검술 역시 그 뿌리가 같다고 할 수 있지."

"흠, 상당히 흥미로운 일이군."

태하에게 이런저런 질문을 쏟아내고 있던 감녕은 자신의 곁에 앉은 우태에게 말했다.

"도련님, 앞으로는 이따금 무술을 연마하시는 편이 좋을 겁니다. 무슨 일이 일어날지 알 수가 없거든요."

"난 별로……."

우태는 어려서부터 무술을 연마하는 것을 극도로 꺼려했기 때문에 지금까지 운동이라곤 숨쉬기밖에 해본 적이 없었다.

태하는 물렁물렁해 보이는 그에게 말했다.

"아무리 이 세상을 살아가는데 도가 튼 감 형이 따라다닌다고 해도 네 몸 하나는 간수할 수 있는 능력을 키우는 것이 좋아. 언제까지 감 형이 네 뒤치다꺼리를 해줄 것이라고 생각해?"

"…내가 알아서 해요. 아저씨는 정신의 병이나 좀 고치시죠."

"후후, 내 정신은 말짱해. 네 걱정이나 좀 하는 편이 좋아."

"……."

고개를 푹 숙인 채 밥만 먹는 우태, 태하는 그런 그를 바라보며 약간 한심한 표정을 지었다.

"쯧, 노력해라. 그래야 나중에 뭐라도 할 수 있어."

"…됐으니까 밥이나 먹어요."

태하와 우태가 아주 미묘한 신경전을 벌이고 있던 바로 그 때였다.

저 멀리서 한 청년이 미친 사람처럼 난동을 부리며 달려온 것이다.

"크아아아아! 나 돌아갈래!"

"저놈이 미쳤나? 어서 잡아!"

교도관들은 그 미친 청년을 잡기 위해 투입되었고, 수감자들은 술렁이기 시작했다.

웅성, 웅성!

순간, 와자지껄해진 틈을 타 한 청년이 우태를 향해 다가왔다.

태하는 그가 분명 우태에게 엄청난 살의를 품고 있음을 직감한다.

'살기, 살기다!'

이것은 반드시 내가 사람을 죽이겠다고 마음을 먹는 순간에 발생하는 것으로, 살의를 넘어서 그것이 살기로 바뀌는 지점이었다.

태하는 재빨리 우태를 옆으로 밀쳤다.

"피해!"

"으윽!"

턱!

태하는 그를 좌로 쭉 밀어버렸고, 순식간에 주머니에서 권총을 꺼낸 그를 발견한다.

철컥!

"권총……?"

"이런 젠장! 도대체 누가 교정에 권총을 밀반입할 수 있단 말이야!"

"죽어라!"

그는 오로지 한 사람, 우태를 노리며 방아쇠를 당겼다.

타앙!

사람들은 총소리에 놀라 모두 납작 엎드렸고, 이대로라면 우태의 심장에 총알이 박힐 터였다.

태하는 그전에 자신이 총알을 막아내기로 했다.

'나한천수!'

나한천수를 출수시킨 태하는 총알을 자신의 팔로 막아내는 대신, 반탄지기를 사용해 총알을 튕겨냈다.

티잉!

"허, 허억! 뭐야?! 총알이 빗나갔어?!"

"이런 개자식!"

태하는 총알을 막아낸 즉시 그의 팔을 부러뜨려 버렸다.

"어떻게 권총을 밀반입한 것인지는 모르겠다만, 앞으로 그 팔은 못 쓰게 될 것이다!"

뚜두두둑!

"끄아아아아악!"

그저 단순히 팔을 잡아 비틀어버린 것만으로도 괴한의 팔은 제멋대로 뒤틀려 근섬유가 끊어져 버렸다.

우태는 죽을 뻔한 자신의 신세를 미처 인지하지도 못한 채 불안에 떨고 있었다.

"으으으으……"

태하는 그런 그의 뺨에 따귀를 치며 호통을 쳤다.

짜악! 짜악!

"아아아아……!"

"정신 차려! 네가 정신을 잃어버리면 죽는 거다! 알겠나!"

"하, 하지만 눈을 뜨고 볼 수가 없어서……."

"볼 수 없어도 봐야 하는 것이 현실이야! 잘 봐라! 너를 죽이기 위해 달려든 사람을 말이다!"

"허억, 허억……!"

팔이 기이한 형태로 꺾여버린 그는 교도관들에게 끌려가는 순간에도 우태를 노려보고 있다.

"…하하하! 이 꼬맹아, 나는 반드시 너를 죽일 것이다! 반드시!"

"……."

우태는 더 이상 이곳에 있기가 힘들었는지, 교도관들에게 양호실 이용을 건의했다.

"저, 양호실에 좀……."

"그래, 알겠다. 가자."

교도관들은 그를 이끌고 양호실로 향했다.

*   *   *

늦은 밤, 우태는 도저히 잠을 이룰 수 없어 전전긍긍하고 있었다.

혹시라도 자신을 누군가 총으로 쏘지는 않을까하는 걱정 때문에 깊이 잠들 수 없었던 것이다.

"젠장……."

감녕은 그런 우태의 곁을 지키며 함께 밤새고 있었다.

"큰일이군요. 저격을 시도했다는 것, 아무래도 저들이 도련 님의 소재를 파악한 것이 틀림없습니다."

"이젠 어쩌지? 이대로라면 나는 필시 죽고 말 거야!"

"걱정하지 마십시오. 저 총이 어떻게 밀반입된 것인지는 몰 라도 일단 교도관들이 조금 더 신경을 쓰기로 했습니다. 그러 니 일단 주무시죠."

"어떻게 그래! 영천, 그 개자식이 나를 죽이기 위해 손을 쓰 고 있는 거잖아!"

"…아무래도 그런 것 같습니다. 하지만 그래도 체력을 비축 해야 유사시에 대비할 수 있잖습니까. 더군다나 천태수 같은 고수가 호감을 가졌으니, 당분간은 안심입니다."

"그래도 불안해… 더군다나 요즘은 눈도 더 안 보인단 말이 야……."

"눈이 불편하십니까?"

"이젠 가까이 있는 아저씨의 얼굴도 제대로 보이지 않을 정 도야……."

우태는 자신에게 닥친 시련을 이겨낼 방법을 찾을 수 없다고 생각하는 모양인지, 연신 불안한 기색을 떨쳐내지 못했다.

감녕은 그런 그에게 가장 좋은 방법이 무엇인지 깨닫고, 인도했다.

"도련님, 혹시 아까 전에 일어났던 일을 다시 한 번 상기시킬 수 있으시겠습니까?"

"그, 그건 왜……?"

"괴한이 총알을 쏘았을 때 말입니다. 저는 분명히 보았습니다. 그는 팔로 총알을 튕겨낸 후에 괴한을 단 일격에 제압해버렸습니다."

"총알을 막아내? 그게 가능한 일인가?"

"그러게 말입니다. 저도 도저히 믿을 수 없는 일이라 계속해서 그 장면을 곱씹어 상기시키고 있습니다."

우태는 얼마 전에 있었던 저격 사건을 다시 한 번 상기시켜봤다.

"으음……."

"어떻습니까? 도련님도 그런 것 같은 느낌을 받지 않으셨습니까?"

우태 역시 그의 몸이 총알을 튕겨낸 것 같다는 생각을 하긴 했지만, 그것은 자신의 착각이라고 생각했다.

하지만 두 명 이상이 같은 현상을 목격했다는 것은 우연이라고 말하기엔 뭔가 좀 석연치 않은 구석이 있었다.

"그래, 나도 그렇게 생각하긴 해. 그런데 그것이 지금 나와 무슨 상관이라는 거야?"

"…그 사람에게 무술을 배우십시오."

"뭐라고?"

"그는 총알에 맞아도 죽지 않는 사람입니다. 도련님께서 무술을 사사받으면 분명 도움이 될 겁니다."

"하지만 나는 약골에 앞도 잘 보이지 않는데……?"

"처음부터 잘하는 사람은 없습니다. 노력하지 않으면 살아남을 수 없다던 그의 말, 새겨들었으면 합니다."

"……"

이윽고 감녕은 등을 돌려 잠을 청했고, 우태는 밤이 새도록 그 말을 곱씹으며 생각에 잠겼다.

6. 제자를 맞이하다

다음날 점심, 우태는 태하의 앞에 털썩 무릎을 꿇었다.

"사부님!"

".........?"

"저를 제자로 받아주십시오!"

"그게 무슨 뚱딴지같은 소리냐? 갑자기 무슨 제자 타령이야?"

"당신의 제자가 되고 싶습니다! 당신은 강하니까 내가 살아갈 수 있는 비법을 알려줄 수 있잖아요!"

태하는 실소를 흘린다.

"무술이 무슨 애들 장난인 줄 아나? 아무나 함부로 배울 수 있게?"

"장난이 아니라고 생각해서 이렇게 무릎까지 꿇은 것 아닙니까? 만약 제 사부가 되어주신다면 앞으로 제가 이 한 몸 바쳐 모시겠습니다!"

"거참……."

태하는 자신의 바짓가랑이를 붙잡는 그에게 말했다.

"정말 몸 바쳐 나를 섬길 준비가 된 건가?"

"물론입니다!"

"흐음, 그렇단 말이지?"

앞으로 두 사람은 운명 공동체가 되어야 한다. 그래야 태하가 도약할 수 있는 발판이 마련 될 것이다.

또한, 이제 슬슬 그를 밖으로 데리고 나가야 할 시기가 가까워졌다고 느끼던 태하였다.

"좋아, 그럼 너의 굳은 의지를 시험해 보겠어."

"시험이요?"

태하는 운동장 구석에 옹기종기 모여 있는 조폭들을 가리키며 말했다.

"저놈들에게 시비를 걸고 싸워서 문제를 일으켜. 그리고 그 죄로 인해 독방에 들어가는 것이다."

"도, 독방이요?"

"독방에서 한 일주일 푹 썩을 수 있다면 내 제자로 받아주도록 하지."

"하, 하지만 그렇게 되면 형량이……."

"늘어날 수도 있지. 하지만 그 대신 나에게 무술을 배울 수 있을 것이다."

"……."

"할 수 없다면 말해. 그런 각오조차 없는 사람은 필요 없으니까."

그는 태하의 앞에 독방을 약속한다.

"조, 좋습니다! 하겠습니다!"

"잘못하면 죽을 수도 있는데? 저놈들은 건달이야. 네가 까불면 죽을 수도 있어."

"어차피 사부님께 무술을 못 배우면 얼마 안 있어서 죽을 겁니다! 그것보다는 몸부림이라도 치다가 죽겠습니다!"

"후후, 그래. 그럼 어디 한번 해봐."

자리에서 벌떡 일어선 그는 곧장 한 무리의 건달들에게 달려간다.

"이야아아아! 죽어라!"

"저 새끼가 돌았나? 갑자기 왜 저래?"

"죽어, 죽어!"

건달들에게 무작정 손과 발을 붕붕 내젓는 우태, 그들은 기가 막힌 나머지 실소를 흘린다.

"이 미친놈 좀 보게. 어이, 죽고 싶으면 그냥 말로 해. 아주 회를 떠 줄 테니까."

"죽여, 죽여 봐!"

"아니, 이 미친놈이?"

퍼억!

건달들은 그를 아주 가볍게 밟았고, 우태는 곧장 흙바닥을 뒹굴었다.

"크윽!"

"큭큭! 미친놈, 결국은 그렇게 밟힐 것이면서 왜 매를 벌어?"

"시끄러워! 다 죽이겠다!"

급기야 바닥에 있던 흙을 건달들의 얼굴이 흩뿌린 우태는 신발까지 벗어 무기로 삼았다.

좌락!

"크아아아악!"

"죽어라, 죽어!"

퍽퍽퍽!

눈이 보이지 않게 되자, 건달들 역시 마구잡이로 손발을 내 젓는다.

"이런 개새끼! 오늘 아주 죽었어!"

"내가 할 말이다!"

한데 섞여 뒹구는 우태와 건달들, 급기야 교도관들이 달려와 그들을 뜯어말린다.

"이거 놔! 놓으란 말이야!"

"저런 개새끼! 아주 뼈를 다 부러뜨려주마!"

"에잇!"

쫘드드득!

"으ㅡ으ㅡ으윽!"

"이거 놓으라고!"

몸부림을 치다 못해 교도관의 손까지 깨물어버린 그에게 전기충격이 가해진다.

치지지직!

"으허어어어어어억……!"

"이런 미친 자식을 보았나?! 이놈을 당장 독방에 처넣어 버려!"

"예!"

드디어 뜻한 바를 이룬 그는 미소를 지은 채 질질 끌려 독방으로 향했다.

*　　　*　　　*

저녁시간, 사동의 청소가 시작되었다.

슥삭슥삭.

한 무리의 청년들은 사동의 바닥을 빗자루로 쓸고 걸레로 닦으며 청결한 환경을 만들어 나가고 있었다.

하지만 그중에서도 한 무리가 청소 대신 잡담을 나누고 있었다.

"젠장, 도대체 그 괴물 같은 자식은 뭐야? 총알을 막아내는 놈이 있다니, 생전 처음 들어보는 경우야."

"그러게 말이야. 그놈, 도대체 정체가 뭐지?"

이들은 얼마 전, 우태를 사살하기 위해 일부러 3년 형을 받고 각각 감옥에 들어왔던 사람들이다.

그들은 권총을 밀반입하여 한방에 우태를 제거하려 했으나, 실패하고 말았다.

그것도 너무나도 어처구니없는 실패하고 나니 속이 점점 뒤틀리고 있었다.

"큰일이군. 이대로 목표를 놓친다면 감옥에서 괜히 썩는 팔자가 될 것이 뻔하잖아."

"제기랄, 뭔가 방법을 찾아야 한다."

"흠……."

머리를 맞대는 그들, 하지만 결국 방법은 단 하나였다.

"밖에서 다시 무언가를 들여오는 수밖에."

"뭔가를 들여와? 뭘?"

"독이라도 가지고 와아지. 청산가리든 농축 니코틴이든 사람을 단숨에 죽여 버릴 수 있는 것이라면 가리지 말고 들여와야 해."

"독살을 시도하자는 건가?"

"아무리 총알을 막아내는 놈이 옆에 있어도 독살을 기도한다면 별수 있겠어?"

"하긴."

"내가 바깥에 전언을 넣을 테니 기다려봐. 이대로 가만히 있을 수는 없잖아?"

"그래, 그럼 그렇게 하자고."

한 사람을 죽이겠다는 집념, 과연 그것이 얼마나 큰 참사를 가져올지 감히 상상조차 할 수 없었다.

*   *   *

일주일 후, 점점 더 시력이 나빠지던 우태는 이제 안경을 써도 앞이 제대로 보이지 않을 지경이 되어버렸다.

독방에서 나온 우태는 태하가 있는 6사동으로 옮겨왔는데, 이젠 그와 접촉할 수 있는 시간이 더 많아졌다.

그는 예전보다 더 많은 시간을 태하와 함께하게 되었다.

우태는 점심시간을 이용해 태하와 마주앉아 대화를 나누

고 있다.

"이젠 눈이 보이지 않을 것 같아요. 그래도 무술은 배울 수 있는 것이지요."

"물론이지. 눈이 보이는 않는 것과 무술을 익히는 것은 별개의 문제니까."

태하는 그의 눈이 지금 어떤 상태인지 제대로 진단하기로 했다.

"이쪽으로 앉아. 진맥을 좀 해보자."

"진맥이요?"

"거두절미하고 일단 앉아."

"예, 알겠습니다."

그는 살며시 눈을 감은 우태의 머리에 손을 올렸다.

"후우……"

그리곤 이내 건곤대나이를 일주천시켜 우태의 상태를 진단하기 시작했다.

우우우우웅―

태하는 그의 백회혈에서 시작된 진기를 안구와 뇌로 흘려보냈고, 이내 어디가 문제인지 찾아냈다.

'아예 시신경이 다 죽어가고 있군. 더군다나 상이 제대로 맺히지 않으니, 안경이고 뭐고 소용이 없는 것이지. 이대로라면 안구 이식도 무용지물이겠어.'

빛을 제대로 인식하지 못하는 그의 홍채는 더 이상 제 기능을 할 수 없는 지경에 이른 것 같았다.

그는 이내 머리에서 손을 떼며 말했다.

"이제 곧 앞을 볼 수 없게 되겠구나."

"그런 셈이죠……."

태하는 그에게 앞을 볼 수 있는 유일한 길에 대해 설명한다.

"좋아, 그럼 네게 앞을 볼 수 있는 방법을 일러주마."

"그, 그런 방법이 있습니까?"

"있긴 있어. 하지만 결코 쉽지는 않을 거다. 이건 시각을 아예 포기해야 하는 것이거든."

"어차피 없어질 시각입니다. 지금 잃어도 억울할 것은 없어요."

"흠, 그렇단 말이지? 좋아, 그렇다면 방법을 일러주마."

태하는 빛이 눈으로 들어와 상이 맺히는 과정을 역으로 이용하자고 말한다.

"너는 지금 빛을 읽을 수 없는 상태다. 더군다나 시신경도 다 죽어가고 있지."

"맞습니다. 병원에서도 그렇게 말했어요."

"빛을 이용할 수 없다는 것, 반대로 말하자면 어둠은 이용할 수 있다는 소리지."

"어둠이요?"

"이 세상에 모든 사람들이 빛을 이용해 앞을 보지만 그렇지 않은 사람들도 있어."

"그게 가능한 일입니까?"

"어렵지만 가능해. 물론, 낮에는 지금처럼 앞을 볼 수 없거나 평생 선글라스를 쓰고 살아야 할 수도 있어. 하지만 앞이 보이지 않는 것보다는 훨씬 낫겠지."

"무, 물론이죠! 그게 가능하기만 하다면 말입니다."

태하는 그의 어깨를 두드리며 말했다.

"내가 시키는 훈련을 제대로 받아낼 수 있겠어? 그렇다면 내가 너를 밤에만 보이는 맹인으로 만들어주마."

"시켜만 주시면 죽음을 감내하더라도 받겠습니다!"

"그래, 알겠다."

태하는 그에게 가장 먼저 시각을 포기하도록 했다.

"이제 내가 너의 시각을 아에 상실하도록 만들 것이다. 당분간은 지팡이를 짚고 다니는 편이 좋아. 어둠에 익숙해지려면 적어도 며칠은 걸리거든."

"예, 알겠습니다."

이윽고 태하는 그의 혈 자리 중에서 시야를 관장하는 혈맥을 모두 막아버렸다.

툭툭툭!

"크억!"

"아마 당분간 머리가 아플 것이다. 하지만 그것도 자연스러운 현상이니 견뎌 내거라."

"예, 알겠습니다."

태하는 눈이 보이지 않게 된 그에게 구배지례를 받기로 했다.

"절을 아홉 번 하여라. 앞으로 너와 나는 사제지간이 되는 거야."

"예, 사부님."

그는 태하에게 아홉 번 절을 올렸고, 두 사람은 이제 사부와 제자가 되었다.

                    *   *   *

영국 블루스카이 빌딩.

이곳은 아침부터 사업 준비로 바쁘게 돌아간다.

라일라는 태하가 지시했던 회사들을 알아보느라 정신이 없었다.

태하는 최근에 기능성 음료수 사업을 추진하기 위해 영국과 미국에 법인 설립을 추진하고 있었다.

그러다 이번에 감옥에 들어간 것이기 때문에 그 진척도는 아예 전무하다고 할 수 있다.

하지만 이제는 라일라가 그것을 전담하게 되었으니 사업에 탄력이 붙을 예정이었다.

'히트 프로젝트'라는 이름을 갖게 될 이 음료수들은 앞으로 영국과 미국을 시작으로 시장을 공략해 나갈 것이다.

한창 공무로 인해 바쁜 그녀에게 전화가 걸려왔다.

따르르르르릉!

"예, 블루스카이 그룹입니다."

─안녕하십니까? 보네거트 그룹입니다. 회장님께서 자리에 계시는지요?

"보네거트 그룹이요?"

그녀는 보네거트라는 말을 듣자마자 인상을 구긴다.

"…회장님은 지금 공무 때문에 바쁘십니다. 무슨 일이시지요? 저에게 말씀하십시오."

─의원님께서 골프 약속을 잡고 싶어 하시는데 언제가 괜찮은지 알고 싶어서 말입니다.

"회장님께서 당분간 영국으로 돌아오기 힘드십니다. 의원님께는 회장님이 자리에 돌아오시는 대로 개인적으로 연락을 취하겠습니다."

─알겠습니다. 그럼 아가씨께도 그렇게 전하겠습니다.

"그렇게 하시죠."

그녀는 전화를 끊고 나서도 구겼던 인상을 펴지 못한다.

"…그 여자가 또 수작을 부리려는 모양이군."

아마 이번 초대는 줄리아나가 비서실을 통해 일부러 종용한 것으로 보였다. 그렇지 않으면 끄트머리에 굳이 그녀의 이름을 거론할 필요가 없기 때문이다.

어지간하면 그녀와 엮이지 말았으면 하고 바라는 라일라다.

'남자의 곁엔 여자가 적을수록 좋아. 으음, 당연히 그렇고말고…'

순간, 그녀는 자신도 모르게 태하가 오로지 자신만이 다룰 수 있는 남자라고 생각했다.

그랬다가 그녀는 화들짝 놀라 정신을 가다듬었다.

"어머나, 지금 내가 무슨 생각을 하는 거야? 보스는 그냥 보스일 뿐……."

조금 멍해진 그녀, 그런 그녀의 앞에 에밀리아와 멜리사가 다가왔다.

철컹!

"보스, 말씀하셨던 보고서입니다."

"……."

"보스?"

"으, 응? 불렀나?"

"왜 그렇게 얼굴이 안 좋으십니까? 피곤하세요?"

"…아니야. 보스가 안 계시니까 정신이 좀 없네."

"하여간, 그 변태 아저씨! 왜 자꾸 그렇게 없어지고 난리지?"

"모두 그룹을 위한 것 아닌가? 그렇게 말하지 마."

"쳇……."

멜리사는 요즘 걸핏하면 태하의 얘기만 하는 그녀에게 볼멘소리를 했다.

"피이. 요즘 보스가 좀 변했어요."

"내가?"

"걸핏하면 그 변태 아저씨 얘기만 하고, 저희들과는 요즘 잘 어울리지도 않으시잖아요."

"으음, 그랬던가?"

"네, 그래요!"

그녀는 서서히 자신의 중심에 태하가 들어서고 있다는 것을 그제야 알아챈다.

'그러고 보니…….'

이제 그녀는 태하를 빼놓고는 아무것도 생각할 수 없는 지경에 이르고 있었던 것이다.

아마도 그녀의 가슴 속 깊은 곳에선 태하를 자신의 남자로 만들겠다고 생각하고 있는 것인지도 모른다.

　　　　*　　　　*　　　　*

　시신경으로 흘러드는 혈맥을 모두 막은 지 하루가 지났다.

　"크윽, 크윽……!"

　극심한 두통으로 인해 밤새 잠을 이루지 못하는 우태를 바라보며 감녕이 걱정스레 물었다.

　"도련님, 정말 병원에 안 가보셔도 되겠습니까? 안색이 너무 좋지 않은데……."

　"괘, 괜찮아! 이 정도로 사람이 죽지는 않으니까."

　"하지만……."

　같은 감방 수감자들 역시 같은 눈으로 그를 바라본다.

　"어이, 꼬맹이. 정말 그러다 황천길 가는 수가 있어. 아프면 그냥 아프다고 말해."

　"난 괜찮아요. 다들 그냥 주무세요……."

　"쯧쯧, 하여간 젊은 것들은 제 몸 소중히 여길 줄을 몰라. 네놈을 매일 그림자 같이 따라다니는 저 사람을 좀 생각해."

　"…그래서 참는 겁니다."

　"하여간… 그럼 우리는 먼저 잔다."

　"그러시죠."

　처음엔 그저 돈 많은 집 도련님쯤 되겠거니, 생각하며 별다른 신경을 쓰지 않았던 수감자들이었으나 감녕의 지극정성을 보곤 그 정성을 높이 사게 되었다.

아마도 감녕이 그의 아버지쯤 되는 것으로 생각하는 모양이었다.

"도련님……."

"괜찮아, 아저씨. 난 괜찮으니까 어서 자. 내일의 일과가 있잖아."

"…그렇지만 이대로 도련님이 잘못되면 어쩝니까?"

"그럴 일 없어. 난 사제지간의 신뢰를 중요하게 생각해. 구배지례까지 받은 그분이 나를 해칠 리가 없잖아?"

"후우……."

깊은 한숨을 내쉬는 감녕, 하지만 우태는 끝까지 자신의 신념을 굽히지 않았다.

다음 날 아침, 두통을 가까스로 이겨낸 우태에게 극심한 현기증이 찾아왔다.

그는 자리에서 일어서는 순간부터 제대로 중심을 잡지 못해 비틀거렸다.

피잉!

"으, 으윽!"

"도련님!"

"나, 난 괜찮아! 그러니 신경 쓰지 마!"

감녕은 우태를 이렇게 만든 태하를 향해 소리쳤다.

"이봐, 돌팔이! 도대체 우리 도련님께 무슨 짓을 한 거야!"

바로 옆방에서 아침청소를 하던 태하는 별 대수롭지 않다는 듯이 말했다.

"시신경이 죽어 가고 있는데 그 사혈을 애초에 꺾어버렸으니, 당연히 두통과 어지러움이 동반되는 것이지. 아마 내일쯤이면 완벽히 신경이 어둠에 적응하게 될 것이다. 그러니 너무 걱정할 필요 없어."

"그런 말도 안 되는 이론이 어디에 있나?! 세상에 어둠에서만 앞이 보이는 맹인이 어디에 있어?!"

"가능하다. 만약 이대로 녀석이 잘못된다면 내가 책임지고 그 눈을 고쳐 주도록 하지. 하지만 어차피 우태는 언젠가 시력을 잃게 되어 있어. 그때를 대비하지 않는 것 역시 무책임한 일, 그러니 차라리 나에게 일말의 기대를 걸어보는 편이 나을 것이다."

"젠장……!"

감녕은 이제는 아예 사람 구실조차 하지 못하게 된 우태를 바라보며 분통을 터뜨린다.

"놈! 만약 도련님이 잘못되기라도 한다면 정말 죽여 버릴 것이다! 진심이다!"

"좋을 대로. 하지만 만약 내가 옳았다면 네놈의 지금 그 언사를 행동으로 책임져야 할 것이다."

"물론이다! 나 역시 무도인, 말을 행동으로 책임져야 한다는 것쯤은 알고 있다!"

"후후, 그래. 그 말, 꼭 잊지 말기를 바란다."

감녕은 다 죽어가는 우태를 바라보며 이를 간다.

'반드시, 반드시 죽일 것이다!'

그는 가슴 속 깊은 곳에서부터 끓어오르는 분노를 애써 삭였다.

시신경을 잃은 지 일주일째.

이제 우태는 대낮에도 한치 앞을 바라볼 수 없는 맹인이 되어 버렸다.

탁탁탁—

그는 선글라스를 쓰고 막대기로 앞을 더듬거리며 걷는 연습을 하고 있다.

우태가 대낮부터 선글라스를 쓰고 다니는 것은 그의 초점이 맞지 않아 눈동자가 제멋대로 돌아가기 때문이 아니었다.

지금 우태의 초점은 아주 또렷하게 맞춰져 있었지만 홍채의 역할이 아주 조금 달라진 것뿐이었다.

현재 우태의 상태를 서술하자면 이러하다.

원래 눈은 빛이 홍채를 지나 망막에 상이 맺히고 그것을 시신경이 뇌로 전달하는 과정을 거치게 된다.

하지만 이미 시신경이 거의 다 죽어버린 우태는 일반적인 방법으로는 앞을 볼 수가 없다.

그래서 태하는 그의 시신경을 완전히 죽여 버린 후, 홍채가 빛이 아닌 어둠을 받아들이도록 했다.

또한, 망막에 상이 맺히는 과정 역시 아예 반전을 시켜서 빛이 아니라 사물의 기가 만들어낸 잔상을 망막에 맺히도록 한 것이다.

때문에 시신경을 죽이고 다시 살리는 과정을 거쳤고, 그로 인해 우태의 뇌가 극심한 고통을 받았던 것이었다.

지금 우태의 뇌에는 태하가 심어 놓은 진기가 구슬 형태로 자리 잡고 있는데, 이것이 시신경을 대신하게 된다.

명교에서는 이런 과정을 두고 암사라고 부르는데, 명교의 암사들은 심검과 흑무술을 익혀 어둠에 최적화된 삶을 살아갔다.

낮에는 전혀 앞을 볼 수 없는 그들이지만 짙은 어둠 속에서는 그 시력이 가히 매의 눈을 초월할 정도다.

그러나 암사 자체가 진기로 사물을 인식하기 때문에 무공을 익히는 것은 거의 필수적이라고 할 수 있다.

한마디로 지금 우태가 무술을 연마하여 잔기를 느끼기 전까진 그냥 보통 평범한 맹인과 별다를 바가 없다는 소리였다.

하지만 그럼에도 불구하고 우태는 끝까지 태하에 대한 믿음을 버리지 않고 있었다.

'난, 반드시 앞을 보는 사람이 될 것이다! 그래서 죽음에서 자유로워질 것이다!'

자신만의 목표가 있기에 우태는 이 칠흑 같은 어둠 속에서도 절망하지 않고 있었다.

허나 이를 악물고 어둠에 적응하고 있는 우태를 바라보는 감녕의 심정이야 이루 말할 수가 없을 정도로 고통스러웠다.

"도련님, 차라리 제 눈 한쪽을 드리겠습니다. 이 눈을 이식받아 함께 세상을 보는 편이 나을 것 아닙니까?"

"아니, 아니야. 나는 나만의 길을 찾을 거야. 그러니 감녕 아저씨도 나를 믿어줘."

"…도련님!"

"정말이야. 내가 홀로서기를 할 수 있을 때, 그때 아저씨가 나에게 힘을 실어줘. 부탁이야."

이제 감녕에게 남은 희망이라곤 눈이 멀어버린 우태뿐이다.

결국 그는 우태와 함께 이를 악물고 버티기로 결심했다.

"좋습니다. 제가 지금 기대를 걸 수 있는 사람은 오로지 도련님뿐입니다. 저는 당신이 다시 저에게 정명회를 되찾아주리라 믿습니다. 저는 이제 도련님께서 다시 정명회의 수령이 되는 그날까지 인내하고 또 인내할 겁니다. 만약 제가 죽게 되더라도 당신께서 수령이 되신 후에 죽겠습니다."

"고마워, 아저씨."

"…별말씀을요."

감녕은 그렇게 오늘도 우태의 곁을 단단히 지켰다.

＊　　　＊　　　＊

우태가 시력을 잃은 지 보름 째.

태하는 이제 그가 슬슬 어둠에 적응했다고 판단했다.

이제 제법 지팡이에 의지하지 않고도 왔던 길을 기억해서 되돌아가는 모습까지 보이고 있었던 것이다.

그러니까, 그는 스스로 자신만의 길을 끊임없이 개척하고 있었던 것이다.

태하는 드디어 그에게 무공을 전수해야 할 때가 왔다고 생각했다.

"제자야, 이젠 네가 스스로 자립할 수 있는 힘을 쌓을 때가 되었구나."

"아직도 제대로 암흑에 적응하지 못했습니다."

"아까 보니 왔던 길을 외워서 되돌아가더구나. 그 정도면 되었다. 평생 빛을 보지 못한다고 해도 아쉬운 것 없다는 것이 내가 너에게 무공을 전수해 줄 조건이었다. 이제 너는 그 조건을 다 충족한 거야."

"감사합니다, 사부님!"

그는 우태에게 먼저 심안을 터득할 수 있는 조건들이 무엇인지 설명했다.

"내가 너에게 가르칠 이 무공은 '심안'이라고 부른다. 원래는 일정한 경지에 오른 사람들 마음의 눈을 만들어 검을 다루는 것을 심안이라고 했다. 하지만 한 선인이 암사라는 조직을 창제하면서 흑무술이 만들어졌지. 이 흑무술은 심안을 대신하게 될 거야. 그러나 너는 암사에 오르기 전에 먼저 심안이 무엇인지 깨달아야 한다. 그래야 낮에도 충분히 네 몸을 지킬 수 있어."

"예, 알겠습니다."

태하는 그에게 운기조식에 대한 기본인 토납법을 전수하기로 한다.

"원래는 네게 건곤대나이를 전수해야 한다만, 그것은 옳은 방법이 아니야. 건곤대나이는 일정한 양의 진기가 몸에 쌓여 있어야만 연성이 가능하거든. 그래서 나는 네게 심결의 기본인 토납법을 가르칠 생각이다."

"그 가르침, 뼈에 새기겠습니다."

그는 우태에게 가부좌를 틀고 앉아 하단전을 형성시키는 운기에 대해 설명했다.

"지금부터 내가 짚는 혈 자리들을 기억하고 호흡이 지나가는 가상의 길을 만들어 내거라. 그것이 바로 네가 처음 배울 심법이다."

"예, 사부님."

태하는 손끝에 진기를 실어 폐부에서부터 시작되는 아주 단순한 혈 자리 네 개를 찔렀다.

툭툭!

그러자, 그의 몸 안으로 진기가 빨려 들어와 하단전에 자그마한 공간을 만들기 시작한다.

슈가가가각!

순간, 태하는 자신도 모르게 속으로 헛물을 삼킨다.

'자연적으로 진기가 쌓여? 그저 길을 뚫어준 것만으로도 이렇게 빠른 성취를 보인다니……. 이놈, 천골지체가 틀림없다!'

태하가 기연과 이해력으로 빠른 경지에 올랐다면, 반대로 우태는 몸 자체가 무공을 익히기에 최적화된 천골지체였던 것이다.

한마디로 그는 마치 스펀지처럼 태하의 가르침을 빨아들일 수 있는 사람이라는 소리였다.

'후후, 운이 좋군. 때마침 천골지체를 만나다니 나도 이젠 슬슬 운이 트이려는 모양이야!'

태하는 묵묵히 그의 혈도를 짚어주었고, 우태는 스스로 그

혈도를 뚫어내기에 이르렀다.

뚜둑, 뚜두둑, 콰앙!

"쿨럭!"

"괜찮다! 당황하지 마라! 네 몸에 쌓여 있던 탁기가 사라지는 과정이다! 이 과정은 나도 겪었고 네 사조부도 겪었다! 그러니 최대한 진기가 지나간 혈 자리들에 집중해라!"

"후우……!"

그저 유약해 보이기만 했던 우태였지만 나름대로 끈기도 있고 참을성도 있어서 어느 정도의 고통은 기꺼이 감내할 수 있을 것으로 보였다.

태하는 곧게 뚫려 버린 그의 혈도로 조금씩 더 진한 기력을 흘려보내고 있었다.

*   *   *

우태가 토납법을 연성한지 일주일이 지났다.

"후우!"

우우우웅!

이제 그는 호흡마다 토납법을 순환시켜 자연적으로 자신의 내단에 진기를 쌓아둘 수 있는 경지가 되었다.

하지만 워낙 지금 그의 몸이 부실한 나머지 잘못하면 진기가 과도하게 넘쳐나 주화입마에 빠질 수도 있을 것 같았다.

이제 태하는 그에게 토납법에서 진화한 심결인 '흑암대심결'에 대해 가르치기로 했다.

태하는 운동장 구석에 앉아 있던 우태에게 말했다.

"네 성취가 생각보다 빠르구나. 어떠하냐? 이젠 숨 쉬는 것만으로도 몸이 좀 가벼워지는 것을 느끼고 있지 않더냐?"

"예, 사부님. 원래 제가 아침에는 자리에서 잘 일어나지도 못했는데, 지금은 하루에 한 시간만 자도 말끔하게 피로가 풀립니다. 아주 신기한 일입니다."

"너는 천골지체다. 알고 있는지 모르겠지만, 너는 일반인과는 아예 정반대의 체질을 가지고 있어. 때문에 심결을 익히는 것만으로도 충분히 새로운 몸을 구성할 수 있게 되지."

"그런 일이……."

"하지만 한 가지 문제가 있다면, 이미 내가 손을 쓰기도 전에 시신경이 서서히 죽어가던 터라 눈을 온전히 되찾기란 불가능하다. 때문에 이제부터는 나와는 조금 다른 길을 걸어야 한다."

"다른 길이라면 어떤 길을 말씀하시는 것인지요?"

"너는 이제부터 두 가지 무공을 배울 것이다. 하나는 명교의 흑암대심결이고, 다른 하나는 북해신공이다. 흑암대심결은 토납법을 기초로 만들어진 것이니 혈 자리만 터득한다면 충분히 연성할 수 있을 거야. 또한, 그것을 모두 익히게 된다면 충분히 북해신공을 연성할 수 있겠지. 그럼 너는 흑의 기운과 빙의 기운을 모두 다루게 되는 것이다."

우태는 태하의 가르침이 아직은 낯설어 어색한 표정을 지었다.

"무슨 말씀인지 잘 모르겠습니다."

"후후, 그래. 처음부터 모든 것을 알게 되면 머리가 아픈 법이지. 아무튼 그럼 오늘부터 흑암대심결을 익히고 그에 따른 무공도 수련할 것이다. 그리고 그 경지가 일정수준에 이른 다음에 북해신공을 알려주마."

"예, 사부님."

태하는 자신이 익힌 양공과 아예 정반대의 혈 자리들인 음공혈만 골라서 그에게 전수한다.

"앞을 보지 못한다는 것은 암흑과 화친한다는 소리다. 그렇게 하자면 아예 양의 기운은 멀리해야 할 것이다. 이제부터 너는 오로지 음기, 차갑고 어두운 것만 취하게 될 것이다."

"예!"

그는 가부좌를 틀고 앉은 그의 등과 옆구리를 지나는 암혈 삼십 개를 찔렀다.

툭툭툭!

"자, 이곳들이 바로 네가 운기해야 할 혈 자리다."

"…조금 복잡합니다. 순서를 외우기도 힘들고요."

"그래, 당연한 얘기지. 하지만 매일 1천 번씩 이 혈 자리들을 외우고 운용하다 보면 자연스럽게 호흡에 달라붙게 될 것이다. 그렇게 된다면 충분히 모든 것을 이해할 수 있게 된다."

"예, 알겠습니다."

"명심하거라. 매일 잠을 잘 때나 깨어 있을 때나 항상 이 심결들을 머릿속에 넣고 다녀야 한다. 알겠느냐?"

"예, 사부님!"

우태가 태하와 달리 신체적으로 타고나긴 했지만 이해력이 살짝 부족한 것이 흠이었다.

하지만 태하는 그런 단점 역시 우태가 충분히 극복할 수 있을 것이라고 믿어 의심치 않는다.

"너는 천골지체야. 어쩌면 나를 뛰어넘는 고수가 될 수도 있어. 하지만 자만하지 말고 정진하여라. 정진, 그것 말고는 답이 없어."

"예, 알겠습니다!"

우태는 이제 태하가 가르친 것을 머릿속에 집어넣고 억지로 그것을 자신의 것으로 만들어 나갔다.

7. 풍랑 속의 순항

제주특별자치도 서귀포시에 위치한 작은 별장.

이곳은 정명회 현 회장인 영천이 소유하고 있는 안전 가옥 이다.

워낙 깊은 숲 속에 지어진 건물이기 때문에 이 별장이 존재 한다는 사실조차 아는 사람이 별로 없었다.

영천은 이곳으로 두 명의 남녀를 불러들였다.

"부르셨습니까?"

"어서 오게. 먼 길 오느라 수고가 많았겠어."

"아닙니다. 부르신다면 당연히 천길 마다하지 않고 달려와야 하는 것이 저희들의 의무 아니겠습니까?"

"후후, 그래."

영천은 두 사람에게 얼마 전, 감옥에서 시도되었던 암살사건에 대해 설명했다.

"다들 알고는 있겠지만 정명회의 전 회장인 설공진은 이미 제거되었다. 하지만 그 아들이 여전히 멀쩡히 살아 숨을 쉬고 있지. 그래서 나는 그의 숨통을 끊어버리기 위해 살수를 고용했다. 감옥 안으로 권총까지 들고 들어갔지만, 암살에 실패하고 말았어."

"권총으로도 암살에 실패했다니, 있을 수 없는 일입니다."

"그래, 하지만 이것은 진실이다. 실제 상황이야. 나도 설마하니 암살에 실패할 것이라곤 전혀 생각지도 못했어. 하지만 어쩌다 보니 일이 그렇게 되고 말았군."

"흠……."

"그래서 너희들을 이곳까지 부른 것이다."

"설우태를 제거하는 임무를 내리시는 겁니까?"

"…가능하면 감녕과 그를 돕는 조력자까지 한꺼번에 쓸어버리면 좋겠지."

두 남녀는 천천히 고개를 끄덕인다.

"알겠습니다. 일단 이 일에 대한 계획을 짠 후, 실행에 돌입하도록 하겠습니다."

"그래, 알겠다."

두 남녀는 이내 더 이상 볼일이 없다는 듯이 돌아섰고, 영천 역시 별장을 떠나 즉시 공항으로 향했다.

*   *   *

서울중앙지방검찰청 검사장실.

오늘 이곳에서 유주의 청장 표창이 있을 예정이다.

그녀는 이번 천태수 사건을 종결시킨 공을 인정받아 청장의 표창과 함께 대통령 표창까지 함께 수여하게 된 것이었다.

"표창장, 제 578421번. 수여자 박유주. 위 사람은 투철한 준법수호정신으로 이른바 '김정문 저격 사건'을 해결하였음으로 이 표창을 수여함. 서울중앙지방검찰청장 차익수."

"감사합니다!"

그가 차익수에게 거수경례를 올리는 동안, 그 옆에 서 있던 이찬욱 차장이 대통령 표창을 낭독했다.

"이번엔 대통령 각하 표창일세. 아주 상 복이 터졌군."

"감사합니다!"

그는 표창장에 써 있는 글귀들을 낭독한 후, 그녀에게 훈장을 수여했다.

"세상에, 검사 생활 10년에 훈장이라니, 앞으로 자네의 앞길은 탄탄대로일세."

"뼈가 부서져라 일하겠습니다!"

"하하, 그래! 그런 정신이라면 반드시 스스로의 이상을 이룰 수 있을 거야."

"말씀 감사합니다!"

차익수는 유주에게 훈장을 달아주면서 그와 동시에 금장이 박힌 권총을 건넸다.

"각하께서 특별히 하사하신 것일세. 자랑스럽게 여기라고."

"이, 이건……."

"요즘 김정문 의원사건으로 나라 안팎이 시끄럽지 않았나? 아마도 그 때문에 각하께서 특별히 신경을 쓰신 것 같아. 감사히 받아."

"예, 알겠습니다."

아마도 김정문 사건은 여야의 암투에 큰 악제로 작용하여 슬슬 대통령의 머리가 아파 왔을 것이었다.

그런 가운데 사건이 한 달여간 지속되었고, 이슈는 점점 눈덩이처럼 불어났으니 표창을 받아도 이상할 것이 없었다.

하지만 유주는 이 금장 권총을 받는 손이 썩 마뜩치는 않았다.

'태하야, 나만 승승장구하는 것 같아 미안해…….'

그녀는 감옥에 스스로 들어간 태하가 못내 마음에 걸려 복잡한 심경이 되어버렸다.

그런 그녀에게 차익수가 호탕하게 웃으며 말했다.

"하하! 하여간 우리 청에 이런 인재가 있었다니, 내가 미처 몰랐어!"

"부끄럽습니다."

"자자, 그럼 오늘은 이쯤에서 업무를 마무리하고 함께 술자리에 가지."

"수, 술자리요?"

"오늘 내가 자네에게 한턱 내겠네. 어떤가? 함께 가겠나?"

"영광입니다!"

원래 차익수는 상하 관계가 칼 같은 사람이기 때문에 부하 직원들과의 술자리는 최대한 피하는 사람이었다.

그런 그가 유주를 술자리에 부른다는 것은 그녀에게 신임이 생겼다는 뜻이었다.

'네가 이렇게 징검다리가 되어주는구나.'

속으로 미소를 짓고 있는 그녀에게 차익수가 한마디를 덧붙였다.

"아참, 그리고 오늘 술자리에는 귀한 분이 오실 거야."

"귀한 분이요?"

"가보면 알아. 최대한 청렴한 검찰처럼 보이도록 행동하게."

"예, 청장님!"

그녀는 고개를 갸웃거린다.

'뭐야? 누가 온다는 거야? 도대체 누가 온다고 이렇게 난리를……'

예상치도 못했던 술자리에 낀다는 것이 행운이라고 생각했지만 조금은 석연치 않은 표정을 짓는 유주였다.

* * *

수련한지 한 달이 지나자 드디어 우태는 태하가 가르쳐 준 흑암대심결을 모두 깨우쳤다.

이제 그는 걸어 다니는 순간에도 흑암대심결로 호흡하며 극음의 기운을 몸속에 갈무리할 수 있게 된 것이었다.

태하는 이제 겨우 한 달 만에 이룬 성과라고는 절대로 믿어지지 않는 그의 성취에 기쁨을 감추지 못했다.

감옥의 점심시간, 태하는 그의 기혈들을 진맥해 보며 미소를 짓고 있다.

투두두둑—

"으음, 좋아!"

"어떻습니까? 사부님, 성취가 좀 있습니까?"

"좋아, 좋아! 이 정도면 조만간 심안을 연마할 수 있겠어."

"저, 정말입니까?!"

"암사가 된다는 것은 결코 쉬운 일이 아니야. 앞으로는 더 이상 빛을 볼 수 없다는 것과 같은 소리지. 그저 기뻐해야 할 일만은……."

"괜찮습니다. 어차피 사라질 시각, 밤의 수려한 풍경이나마 볼 수 있다는 것이 어디입니까?"

"뭐, 그렇다면……."

"아무튼 그 심안은 언제쯤 익힐 수 있을까요?"

"일단은 네가 암흑 속에서 완벽히 적응을 해야 가능한 일이겠지."

"그렇군요."

태하는 그에게 한 가지 숙제를 내린다.

"그 사이에 흑암대심결의 보법을 익히거라."

"보법이요?"

"무공의 가장 근간이 되는 것이 바로 이 보법이다. 잘 보거라."

잠시 무공을 갈무리 한 태하는 미끄러지듯이 앞으로 쭉 뻗어나가며 천마군영보를 전개한다.

파바바바밧!

"허, 허억!"

"잘 보았느냐? 이것이 바로 보법이라는 것이다."

"그, 그런 절학이!"

"절학이라니, 이것은 아직 미완성인 내 보법을 아주 약간 펼쳐 보인 것뿐이다. 보법을 극성으로 연성하게 되면 하늘을 나는 것도 문제는 아니지. 특히나 흑암대심결을 연성하고 그에 맞는 무공들을 익힌다면 필시 범인은 따라올 수 없는 경지가 될 것이야."

"그렇군요."

태하는 그에게 보법을 익히기 위한 발자취를 남겨줬다.

쿵쿵쿵─!

"잘 기억하거라. 이 발모양대로 움직이면서 생활해야 해. 그렇지 않으면 흑암대심결이고 뭐고 다 소용이 없어."

"예, 사부님! 명심하겠습니다!"

"또한 네 무공에 비해서 육체가 터무니없이 약하니 턱걸이와 윗몸일으키기를 매 끼니마다 1천 개씩 하거라."

"그, 그렇게나 많이요?"

"지금 네 몸에는 꽤 많은 진기들이 쌓이고 있다. 만약 이 상태에서 운동을 하게 되면 몸이 아주 빠른 시일 내에 변하게 될 거야. 아마 지금처럼 마른 몸에서 탈출하는데 채 한 달도 걸리지 않겠지. 그와 동시에 보법까지 익힌다면 내가 너를 무적의 몸으로 만들어주마."

"가, 감사합니다!"

"아니, 아직 감사하긴 이르다. 나는 네가 천 개를 채웠는지 안 채웠는지 굳이 눈으로 보지 않고도 알 수 있어. 그만 한 체력이 생겼다고 해서 운동이 힘들지 않은 것은 아니다. 부디 내게 매타작을 맞지 않고 운동을 할 수 있었으면 좋겠구나."

"명심하겠습니다!"

지금 우태의 몸에 쌓인 흑암대심결의 진기는 대략 1/10주천 정도 된다.

이 정도의 진기를 몸에 쌓기 위해선 대략 6년간의 수련을 쌓아야 하지만 천골지체인 우태는 그것을 무려 한 달 반 만에 연성해버렸던 것이다.

하지만 지금 우태의 몸으론 1/5주천의 진기만 쌓아도 육체가 붕괴를 일으킬 수도 있다.

때문에 태하는 그를 강철처럼 단련시켜서 끝내 진기를 버텨낼 몸으로 만들 생각이었던 것이다.

"이제 모든 것이 시작이란다. 부디 포기하지 말거라."

"명심, 또 명심하겠습니다!"

드디어 우태의 본격적인 단련이 시작되었다.

*   *   *

늦은 밤 우태는 감방 문턱에 매달려 턱걸이를 하고 있었다.

"후욱, 후욱……!"

벌써 500회를 넘긴 턱걸이에 그의 몸은 땀으로 범벅이 되었지만, 우태는 절대로 땅에 발이 닿지 않도록 하고 있었다.

또한, 그가 이렇게까지 극심한 운동을 버틸 수 있었던 것은 우태의 머리가 결코 비상하지 않았기 때문이다.

태하가 가르친 절학들은 그 구결이 조금만 틀려도 기혈이 막혀 반나절은 가만히 누워 있어야 할 정도로 복잡했다.

때문에 그것을 온전히 머리에 집어넣자면 한시라도 공부를 게을리해서는 안 되었다.

우태는 머리가 비상하지 못하기 때문에 무학을 익히는데 체질에 비해 진척이 더딘 면이 있었는데, 오히려 그것은 우태가 게을러지지 못하도록 하는 장치가 되고 있었던 것이다.

덕분에 그는 턱걸이를 하는 내내 자신이 지금 무엇을 하고 있는지 까먹을 정도로 집중할 수밖에 없었다.

이윽고 결국 1천 개를 달성한 우태는 곧바로 바닥으로 내려와 문틈에 발을 끼워 넣었다.

"하나, 둘, 셋……."

태하가 말했던 대로 그는 아침, 점심, 저녁을 기점으로 매시간마다 이렇게 혹독한 훈련을 거듭하고 있었다.

만약 보통사람이 이렇게까지 운동을 한다면 연골이 남아나지 않았을 테지만, 지금 그의 몸은 근골이 파열되는 즉시 진기가 그 공백을 채워주고 있었다.

때문에 보통사람이 한 달 동안 미친 듯이 운동해서 얻어낼 근육과 근골을 반나절 만에 얻어낸 우태였다.

허나, 워낙 운동량이 많기 때문에 그중에 절반은 몸으로 환원되고, 남은 것들만 그의 육신에 저장되고 있었다.

일이야 어찌되었건 그는 지금 무럭무럭 몸을 키우고 있는 셈이었다.

"후우, 다했다……."

대략 20분간의 운동을 끝내고 상의를 탈의한 우태는 거울에 비친 자신의 모습을 바라본다.

"흐음, 아직 멀었군."

그는 우람하면서도 탄탄했던 태하의 몸을 상상하며 운동을 멈추지 않았다.

그 덕분에 지금 그의 몸은 어지간한 운동선수들도 한 수 접어줄 정도로 탄탄했다.

하지만 워낙에 비현실적인 태하의 몸을 따라잡느라 잠도 제대로 자지 못하고 수련에 매달리고 있었던 것이다.

그럼에도 불구하고 그는 아직도 자신의 갈 길이 한참 멀었다고 생각했다.

"한 번 더 해야겠어."

이윽고 그는 다시 문틈에 매달려 턱걸이를 시작했다.

태하는 늦은 밤에도 열심히 턱걸이에 매진하고 있는 우태의 숨소리를 고스란히 전해 듣고 있었다.

그는 누운 채로 슬그머니 미소를 지었다.

"후후, 계획대로 잘 진행되고 있군."

흐뭇한 미소를 지으며 잠을 청하려던 태하에게 임윤식이 물었다.

"어이, 신방장."

"말해."

"아까부터 뭐가 그렇게 좋아서 웃고 있어? 저놈이 진짜 네 제자라도 되는 거야?"

"밤늦게 미친 듯이 운동하고 있는 맹인을 가리키는 것이라면 맞다고 할 수 있지."

"대단한 집념이더군. 매일 같이 저렇게 미친놈처럼 운동을 하다니, 잘못하면 국가 대표로 나선다로 할 판이야."

"후후, 사람을 움직이는 것은 원한이다. 아마 저 아이도 원한에 사무쳐 그렇게 엄청나게 단련을 하는 것이겠지."

"…원한이라."

임윤식은 생각에 빠져 있다가 무의식적으로 태하에게 자신의 사정에 대해 털어놓았다.

"…나도 원한이 있어. 낙성 파 보스였던 내 형님이 끝내 나를 배신했지. 내 휘하에 있던 부하들에게 넘겨주기로 했던 업장 다섯 곳을 다른 놈들에게 주더군……."

"씹다 버린 껌처럼 바닥에 내팽개친 것이로군."

"뭐, 그렇다고 할 수 있지."

그런 임윤식에게 살인 청부업자 강성이 말했다.

"그런 사연 하나 없는 사람도 있나?"

"너도 배신을 당해서 이곳까지 왔나?"

"…나는 내 아이를 가졌다고 생각했던 여자가 배신해서 이곳에 왔지."

"뭐? 그럼 약혼녀가 일부러 너를 감옥에 보냈다는 소리야?"

"알고 보니 그 아이는 내 아이가 아니고, 내 친구의 아이더군. 두 연놈이 붙어먹고 난 후에 아이가 생기니 나를 감옥으로 보내버린 것이었지."

"그, 그런 사연이……."

"만약 할 수 있다면 그 두 것들을 아주 쌍으로 싸잡아 죽이고 싶어. 하지만 한 때 사랑했던 그녀라서 참고 있는 것뿐이지."

여자 문제가 나오자, 사회에서 제비로 이름을 날렸던 이성민이 끼어든다.

"역시 여자는 자나 깨나 남자를 조심해야 해. 이래서 집안

단속이 중요하다고 하는 거야."

"…죽고 싶나?"

"아무리 네 밤 기술이 좋으면 뭐해? 집에 자주 못 들어가면 말짱 꽝이거든. 그래서 바깥으로 나도는 남자는 엄청나게 자상하거나 바람둥이여야 해. 그래야 여자가 도망가지 않거든."

"닥쳐라, 지금 이 자리에서 송장 치우기 싫으면 말이다."

"뭐, 말이 그렇다고……."

본명은 알 수 없지만 스스로를 챕스틱이라고 소개했던 해커가 그들에게 불현듯 말했다.

"그렇다면 이곳에 있는 대부분은 감옥을 나가고 싶겠군."

"그렇지 않은 사람들도 있나? 감옥이 좋아서 들어온 사람이 누가 있겠어? 안 그래?"

"그런가? 하긴, 모두들 10년쯤 받았으니까 앞으로 나갈 길이 막막하겠군. 특히나 신방장이나 칼잡이 아저씨 같은 경우엔 말이야."

"…그걸 말이라고 하나? 꼬맹이."

"나야 10년 후에 나가봐야 이제 막 서른이고, 한창일 나이지. 다만, 그때 나가면 딱히 먹고 살 만한 수단이 없어지니 문제지."

챕스틱의 한탄에 이성민이 동감한다는 듯이 맞장구를 친다.

"하긴, 그건 맞는 소리군. 나 역시 이곳에서 나가면 마흔이 넘는데 도대체 뭘 어떻게 해야 할지 모르겠어. 그때쯤이면 이 탱탱하던 피부도 다 늘어지고 말발도 안 먹힐 텐데."

"그쪽도 할 것 없기는 마찬가지라는 소리네?"

"…그렇지."

모두의 얘기를 가만히 듣고 있던 최충선이 자리를 박차고 일어서며 말했다.

"나가자……."

"뭐라고?"

"나가자고. 언제까지 여기서 이러고 살 거야?"

"…이 아저씨가 미쳤나? 갑자기 그게 무슨 말도 안 되는 개소리야? 여기서 나가긴 어떻게 나가?"

"그러니까 계획을 세워야지!"

태하는 의견이 분분한 그들에게 물었다.

"너희들, 내가 이곳에서 꺼내준다면 나의 수하가 될 생각이 있나?"

"…이 자식도 미쳤군. 어이, 넌 처음부터 마음에 안 들었어. 무슨 청부를 해? 말도 안 되는 소리를 하는군!"

태하는 그런 그들을 바라보며 슬그머니 미소를 지었다.

"감옥이라는 것이 말이야, 나가기가 그리 어렵지가 않아. 잘 봐."

"……?"

그는 감방 철문에 손을 가져다 대더니, 이내 그곳에 힘을 주기 시작했다.

우우우우웅—!

"어, 어어어?"

서서히 움직이던 철문이 갑자기 열리며 태하가 그 밖으로 손을 뻗었다.

철컹!

"허, 허억!"

"잘 봐. 내가 마음만 먹으면 이런 감방을 나서는 것쯤은 일도 아니야."

"어, 어떻게 저런 일이……!"

"어때? 나와 함께할 사람이 있나?"

태하의 감방 동기들은 전부 그의 손을 잡기로 한다.

"좋아, 까짓 것! 어차피 이렇게 감방에서 썩다가 10년 후에 나가서 거지가 되느니, 지금 나가서 한탕 크게 챙겨 외국으로 뜨는 편이 좋지!"

"맞아! 맞는 말이다!"

"그래? 그렇게 생각한단 말이지?"

이윽고 태하는 다시 감방문을 닫은 후에 그들을 바라보며 말했다.

"그렇다면 한 가지 약속해라."

"뭔가?"

"앞으로 내가 하는 일이라면 무엇이든지 따르겠다고 말이야."

"무엇이든?"

"만약 내가 사사로운 복수를 하지 말라고 한다면 그것도 따라야 한다. 어때, 따를 수 있겠어?"

"그, 그건……."

"앞으로 일주일 후, 나는 서서히 탈출을 계획할 것이다. 그러니 너희들 역시 나를 따르자면 지금 마음을 먹는 것이 좋아."

태하의 제안에 그들은 일제히 자신을 내려놓았다.

"좋아! 신방장이 하는 말이라면 죽는 시늉이라도 하겠어!"

"나도!"

"그래, 그런 자세야말로 아주 좋은 자세다."

이제 그는 슬슬 자신의 파란만장한 계획을 세워 추진할 때가 되었음을 깨달았다.

* * *

태하는 이른 아침 여느 날과 같이 사동을 청소하고 있었다.

슥삭슥삭―

그런 그에게 불현듯 한 사내가 달려와 무릎을 꿇었다.

쿵!

"대형, 제가 잘못했소!"

"대형?"

"내가 당신을 믿지 못하고 의심만 했으니, 당연히 대형이라 불러야 마땅하지 않겠소! 나를 동생으로 거두어주시오!"

식전댓바람부터 태하에게 무릎을 꿇은 사람은 다름 아닌 감녕이었다.

그는 얼마 전, 자신이 태하를 마구 비하하고 욕했던 것을 뉘우치며 스스로 태하의 동생이 되겠다고 청했다.

하지만 자신보다 한참 나이가 많은 그를 동생으로 거두기엔 상당히 부담이 되는 태하였다.

"일어나라. 나보다 나이가 많은 사람을 동생으로 거둘 생각은 전혀 없어."

"하지만……."

"의형제 관계도 좀 껄끄러우니 그냥 친구 정도는 어떻겠어?"

"친구?"

"사람을 사귀는데 있어 나이와 국적은 불문이라고 했으니, 친구가 된다고 한들 문제가 있겠어?"

"아니, 아니오."

그는 이내 태하에게 다시 한 번 포권을 취했다.

척!

"그렇다면 나를 수하로 받아주시오!"

"수하?"

"앞으로 당신을 도련님의 사부님으로 모시는 동시에 수하로
서 보필하겠소!"

"흐음……."

"만약 받아준다면 존칭을 사용하면서 평생을 모시겠소!"

태하는 그에게 절충안을 제시한다.

"좋아, 그렇다면 존칭은 빼기로 하지."

"그럼……."

"하오체를 쓰는 것이 어때? 이 정도면 적당할 것 같은데."

"하지만 그건……."

"너무 고리타분한 것도 관계를 해치는 일이 될 수도 있어.
그렇지 않나?"

"으음, 그것도 그런 것 같소."

"그럼 그냥 하오체를 쓰는 정도로 마무리하도록 하지."

"좋소."

"자, 그러면 이젠 관계를 정리했으니 앞으로의 청사진에 대
해 논의해 보자고."

"계획이 있소?"

태하는 함께 붙어 청소하는 시늉을 떨고 있던 그에게 되물었다.

"반대로 묻지. 이곳에 들어와 애초에 뭘 어떻게 하려고 했던 거야? 어차피 감옥에 들어와도 위협은 끊이지 않을 텐데."

"오히려 바깥보다는 나을 것이라고 생각했소. 그래서 차라리 10년 동안 복수를 준비하는 것이 옳다고 생각한 것이지."

"하지만 그것은 이미 빗나간 것이라고 입증이 되었으니, 차선책을 마련해 두었겠군?"

"그렇소."

감녕은 그에게 아주 작은 목소리로 속삭인다.

"…탈옥을 감행할 생각이오."

"흠… 나와 비슷한 생각을 하고 있군."

순간, 감녕은 화들짝 놀라 태하에게 말했다.

"정녕 나와 비슷한 생각을 하고 계셨소?"

"물론이지. 나야말로 아무런 계획 없이 감옥에서 제자를 거두었겠어? 전부 다 계획에 있던 일이야."

"그렇군……."

태하는 그에게 뜻을 모은 동료들이 있음을 시사했다.

"나와 같은 방에 있는 사람들은 탈옥에 참여하겠다고 말했어. 그들은 믿을 만하니 함께 계획을 짜는 것이 좋겠어."

"그렇구려. 그렇다면 언제쯤 그들과 접선할 수 있겠소?"

"오늘 점심, 운동장 구석에서 조용히 만나자고."

"알겠소."

이윽고 감녕은 그와 한참 멀어져 다른 곳을 청소하러 떠났다.

*   *   *

그날 점심시간, 태하는 자신이 수족처럼 사용하게 될 다섯 사람을 모두 한곳에 모았다.

그리고 그들과 함께 이곳을 빠져나갈 우태와 감녕도 불러냈다.

이렇게 일곱 명은 태하와 함께 이곳을 빠져나가기 위한 작전을 짜는데 함께 머리를 맞댈 예정이었다.

"내가 죽이려던 놈이 하나 있다. 알고 있나?"

강성이 고개를 끄덕였다.

"알고 있지. 네가 나에게 교사했던 그놈 말인가?"

"그래, 그 넙치 파 행동대장이라는 놈. 나는 그놈을 죽여서 이곳을 빠져나갈 것이다."

"…그놈을 죽인다?"

"감옥 안에서 그놈을 죽이게 되면 다시 재판을 받아야 하겠지. 그러자면 필시 감옥에서 벗어나 재판장으로 가야 할 것이고."

"하지만 실패한다면 이곳에서조차 살아남을 수 없을 거다."

"괜찮아. 그럴 일은 절대로 없을 테니까."

태하는 자신이 언제 그를 죽이고 이곳을 빠져나갈 것인지 이들에게 공지했다.

"앞으로 일주일 후, 나는 놈을 독살할 것이다."

"독살? 쉽지 않은 일인데, 할 수 있겠나?"

"물론이지. 내가 놈을 죽이게 되면 조사관이 파견될 것이다. 그때, 챕스틱은 전산 오류를 일으킨다."

챕스틱은 태하의 말에 고개를 갸웃거린다.

"전산 오류를? 무엇하러?"

"듣자 하니 교도소에서 이감을 준비할 때엔 담당 인원들이 몇몇 빠져나간다고 하더군. 그때, 전산 오류를 일으켜 담당자들이 중복되어 준비하도록 만들어."

"그게 전산 오류로 될 일일까?"

"물론, 중간에 알아채는 경우도 생기겠지. 하지만 교도소가 혼란에 빠지게 만드는 것만으로도 충분하다."

"흠… 알겠어."

"그리고 난 이후엔 교도소 내에 경보기를 울려 혼란을 가중시키는 것이다."

이윽고 태하는 고개를 돌려남은 사람들을 바라본다.

"그 타이밍에 남은 인원들이 버스 앞으로 인파를 뚫고 달려 나와야 한다. 할 수 있겠어?"

"해봐야지. 안 되면 되도록 만들어야 하고."

"반드시 성공해야 한다. 실패하면 다 죽는 거야."

"알겠다."

태하는 이제 감녕과 우태를 바라봤다.

"너희는 어떻게 할 거야?"

"저는 사부님을 따르겠습니다."

"나 역시 마찬가지요."

이제 모든 청사진은 만들어진 셈이나 다름이 없었다.

태하는 자신의 복수를 이루고 이곳을 빠져나가기 위한 계획을 완성시키기 위해 움직이기 시작한 것이다.

* * *

다음날 점심시간, 태하에게 면회가 신청되었다.

"1524번, 면회!"

"예, 알겠습니다!"

태하는 운동장에 머물고 있다가 면회 소식을 듣자마자 감옥 입구에 있는 면회실로 향한다.

철컹!

굳건히 닫혀 있던 감방문이 열리자, 깔끔한 차림의 제프가 그를 맞이했다.

"보스, 나오셨습니까?"

"아직 나온 것은 아니고."

"뭐, 당신께서 마음만 먹는다면 이런 감옥쯤이야 별것 아니지 않습니까?"

"그렇게 나를 과대평가했었다니, 의외로군."

"과대평가라니요, 그럴 리가 있습니까?"

"후후, 고맙군."

이윽고 제프는 농담을 저 멀리 밀어 두고 본론으로 들어갔다.

"아무튼 보스께서 말씀하신 물건들은 전부 다 준비했습니다. 이제 명령만 내리시면 당장 대령할 수 있습니다."

"좋아, 그렇다면 회사에 남은 조직원 몇을 동원하여 일주일 후 인천 연안부두에서 만나는 것으로 하지."

"연안부두라, 이곳에서 가장 가깝기 때문입니까?"

"가장 먼저 도주할 경로는 중국이거든. 우리는 탈주해서 중국으로 향할 것이다."

"알겠습니다. 그럼 그쪽 지리에 밝은 녀석들로 맞춰서 준비하겠습니다."

"그래, 그렇게 해줘."

태하는 명령사항을 메모하던 그에게 물었다,

"아참, 그리고 내가 말했던 신분들은 어떻게 되었나? 구했어?"

"물론입니다."

그는 사진이 붙어 있지 않은 여권과 신분증을 태하에게 보여주며 말했다.

"세 개는 일본인, 두 개는 중국인, 나머지는 한국인 신분입니다. 동북아시아 사람들로 맞추느라 조금 고생했습니다."

"그래, 수고했다."

태하는 그곳에 총 일곱 명의 신분을 일러주며 말했다.

"여기에 정교하게 사진을 붙여서 일주일 후에 연안 부두로 가지고 와. 밀항하는데 사용할 거야."

"알겠습니다. 그럼 인상착의를 정해 주시지요. 그대로 합성하겠습니다."

"그럼……."

그는 각자의 인상착의를 차근차근 설명했고, 제프는 그것을 그대로 받아 적었다.

대략 3분 후, 완벽한 청사진이 완성되었다.

"자, 그럼 이대로 진행하겠습니다."

"그래, 수고해줘."

제프는 이윽고 자리에서 일어나 면회실을 나서려다, 불현듯 말했다.

"보스!"

"뭔가?"

"박유주 검사님께서 대통령 표창을 받았답니다."

"표창을?"

"보스 덕분이라고 전해달라고 하더군요."

"후후, 별말씀을. 축하한다고 전해 줘."

"선물은 무엇으로 준비할까요?"

가만히 생각에 잠긴 태하, 그는 이내 미소를 띤 채 입을 열었다.

"뽑기 어때?"

"뽑기요?"

"인터넷에 한 번 검색해봐. 설탕으로 만드는 뽑기에 대해 아주 자세히 나올 거야."

"뽀, 뽑기라니……."

끼잉, 철컹!

더 이상 대답을 들을 시간은 남아 있지 않았고, 제프는 난감한 표정을 지었다.

"거참, 미스터리한 사람이야……."

이윽고 제프 역시 면회실을 나섰다.

늦은 오후, 유주는 서둘러 사무실을 나설 차비를 했다.

그녀는 자신의 사무실에 있는 사무관들과 조사관들에게 일찍 일을 마무리하고 들어갈 것을 지시했다.

"저 먼저 들어갑니다. 다들 시간 되면 맞춰서 퇴근하세요. 괜히 잔업하지 말고."

"네, 알겠습니다. 그나저나 오늘은 어디를 가시는데 그렇게 군인 같은 복장을 하십니까?"

유주는 줄이 바짝 선 검은색 양복에 정갈한 색의 넥타이까지 매곤 사무실을 나서던 찰나였다.

원래 그녀는 조금 헐렁하고 편안한 옷을 즐겨 입는데, 사람들은 그런 그녀를 두고 작은 불량배라고 놀리곤 했었다.

워낙 자유분방한 그녀이기 때문에 딱히 뭐라고 지적하는 사람은 없었지만, 그 모습이 영 불량해 보이긴 했다.

그런데 오늘만큼은 아주 각이 딱 잡힌 모습으로 일관하고 있었으니, 부하들이 의아해 하는 것은 당연한 일이었다.

그녀는 슬그머니 미소를 지으며 물음에 답한다.

"비밀입니다. 그런 일이 좀 있어요."

"선보러 가십니까? 그렇다면 스타일을 조금 바꾸는 편이 나을 텐데요?"

"그런 것 아닙니다. 아무튼 난 먼저 갑니다. 수고들 하세요."

이윽고 사무실을 나서는 유주, 그런 그녀에게 소포가 한 통 도착했다.

"박유주 검사님?"

"네, 접니다만. 무슨 일이시죠?"

"퀵서비스입니다. 제프 페롤슨이라는 사람이 보냈어요."

"제프 페롤슨?"

고개를 갸웃거리며 소포를 뜯어본 그녀는 이내 실소를 흘렸다.

표창 축하! 가문의 영광!

이런 글귀가 쓰여 있는 물건은 다름 아닌 설탕으로 만든 과자, 일명 뽑기였다.

뽑기는 설탕을 국자에 올려놓고 녹여 만드는데, 녹인 설탕에 식 소다를 넣고 납작하게 눌러 완성시킨다.

때론 과일향이 나는 향신료를 넣어 맛을 내기도 하지만 일반적으로는 갈색 과자를 그냥 납작하게 누른 것이 정석이다.

그녀는 태하와의 추억이 어린 뽑기를 바라보며 슬그머니 웃었다.

'자식, 이런 면도 있었네?'

태하와 그녀는 어린 시절부터 함께 붙어 다니며 집안에서 못하게 말리는 짓거리는 다 하며 돌아다녔다.

당시, 부자 동네에선 찾아보기 힘들었던 뽑기였으나 태하는 어디서 구해 오는지 항상 그 재료들을 마련해놓곤 했다.

아마 그런 태하가 아니었다면 유주는 어린 시절의 추억이 하나도 남아 있지 않았을 것이다.

"고마워요. 답신은 할 수 있나요?"

"못합니다. 주소가 없거든요."

"뭐, 좋아요. 수고하세요."

"네, 그럼……."

퀵서비스 직원을 내보낸 그녀는 흐뭇한 마음을 품고 사무실을 나섰다.

*   *   *

유주는 늦은 밤까지 차익수와 함께 최고급 횟감만을 취급하는 횟집에 앉아 있었다.

그녀는 안동소주와 함께 다금바리, 그리고 황금으로 고명을 올린 전복구이를 맛보고 있었다.

"많이 먹게. 검사는 체력이 재산이야."

"감사합니다!"

유주는 벌써 30분째 계속되고 있는 술자리에 앉아 있으면 서도 오늘 나오기로 했었던 인물에 대한 궁금증을 감추지 못했다.

"그런데 청장님, 궁금한 것이 있습니다."

"말하게."

"오늘 함께 자리하신다고 했었던 그분께선 안 오시는 겁니까?"

"아아, 정 부장님?"

"정 부장이요?"

"국정원 안보부장님 말이야. 오늘은 정 부장님께서 함께 자리하시기로 했다네."

순간, 유주는 이 자리에 자신이 앉아 있어야 할 자리가 아니라고 생각한다.

"저, 저는 이만 자리를 피해드릴까요? 이런 중요한 자리에 일개 검사인 제가 낀다는 것이 좀……."

"하하, 아닐세. 그분께서 자네를 보고 싶어 하셨네. 그래서 특별히 내가 이렇게 술자리까지 마련한 것이고."

"그, 그렇군요."

"아무쪼록 귀한 분과 함께하는 자리이니만큼 격식을 잘 차리게."

"예, 청장님!"

잠시 후, 30분이 넘는 기다림 끝에 국정원 안보부장이 방 안으로 들어섰다.

"청장님, 안녕하십니까!"

"아이고, 이게 누구십니까, 안보부장님 아니십니까?"

"하하, 많이 기다리셨지요? 위에서 하도 업무를 과중하게 내리다 보니 그리 되었습니다."

"아닙니다! 기다리긴요, 일단 앉으시지요. 시장하실 것 같습니다."

"네, 배가 많이 고프군요."

유주는 이내 자리에 앉는 그를 바라보며 꾸벅 고개를 숙인다.

"안녕하십니까! 서울중앙지검 박유주입니다!"

"아아, 이번에 공안으로 옮겼다던 친구가 이 친구입니까?"

"예, 부장님. 박유주라고, 아주 유능한 친구입니다."

"체구는 작은데 일손이 야무지다고 들었습니다. 정말 그렇습니까?"

"물론이지요."

그는 우두커니 서 있는 유주에게 앉을 것을 권한다.

"일단 앉지."

"예, 부장님!"

이윽고 국정원 안보부장 정만기가 그녀를 바라보며 물었다.

"그나저나 이번 사건을 아주 깔끔하게 해결했던데, 수완이 좋은 모양이야?"

"아닙니다! 그저 운이 좋았을 뿐입니다!"

"후후, 운도 실력이야. 실력 없는 놈들에겐 운도 필요 없어."

"부끄럽습니다."

그는 유주에게 아주 단도직입적으로 자신이 이곳에 온 이유를 설명한다.

"자네, 이번에 수사했던 자료들을 아직도 가지고 있나?"

"예, 그렇습니다. 아직 사무실에 보관되고 있을 겁니다."

"그렇다면 네, 자네에게 부탁 하나만 하겠네. 그 자료들을 잘 정리해서 나에게 제출하고 나머지는 폐기하게."

순간, 유주는 고개를 갸웃거린다.

"예? 그게 무슨 말씀이신지……."

"이유는 묻지 말고 그렇게 하게. 어때, 할 수 있겠어?"

"하지만 그건 국정원에서도 영장이 필요합니다만……."

"알아. 그러니까 자네에게 사적으로 부탁하는 것 아닌가?"

유주는 그제야 자신이 왜 이곳까지 불려 나왔는지 대략 감이 오는 것 같았다.

'김정문의 자금줄이 누군가에게 필요한 모양이군그래, 그런 자금줄이라면 누구라도 탐낼 만하지.'

워낙 비자금 조성에 대한 수완이 좋았던 김정문이기에 그

비공식 사유재산은 생각보다 더 대단했다.

이번에 김정문이 죽으면서 형사 제2과는 그 계좌에 대한 추적이 들어갔고, 그 목록은 고스란히 검찰청에 남게 되었다.

또한, 그의 살해 흔적을 쫓으면서 천태수가 말했던 블루문에 대한 수사도 서서히 진행되고 있는 중이었다.

그런 상황에서 천태수에 대한 자료들이 모두 유주에게 넘어와 있으니, 잘하면 비자금 줄에 대한 실마리를 찾을 수도 있을 터였다.

태하가 준 자료들은 전부 김정문에 대한 살해 증거뿐이었으나, 항간에는 그가 기자 생활을 하면서 개인 계좌 추적 등에 성공했다는 루머가 돌았다.

그러니까, 천태수의 개인 신상 명세와 그 정보들은 판도라의 상자임과 동시에 노다지라는 것이 소문의 전체였던 것이다.

그녀는 속으로 실소를 흘렸다.

'이미 이 세상에서 사라지고 없는 자료들을 너희들이 과연 어떻게 찾을 것인지는 몰라도 최소한 의심스러운 한 놈이 더 엮였다는 것은 확실해졌군.'

아마도 이 사람은 김정문과의 사이가 꽤 가까웠을 것이고, 그로 인해 비자금에 대한 정보를 캐고 다니는 것일 테다.

유주는 머릿속으로 그런 가설을 세우기에 이르렀고, 조금은 그에게 협조적인 모습을 보이기로 했다.

"청장님께서 허가만 하신다면, 당연히 넘겨드리겠습니다."

"이 사람이, 개인적이라고 하지 않았나? 여기에 왜 청장님은 제외해야지."

"하지만……."

"괜찮아. 나, 안보부장이야. 자네가 위험에 처할 일 따윈 애초에 일어나지도 않아."

"알겠습니다. 그럼 제가 부서를 이동하기 전까지 모든 자료를 넘겨드리겠습니다."

"그래, 알겠네."

이윽고 그는 청장에게 사적인 부탁을 건넸다.

"아참, 그리고 청장님께선 박유주 검사가 폐기한 자료들을 1급 기밀로 밀봉해서 청장실 전산에 암호화해 주십시오."

"예, 알겠습니다. 그렇게 하지요."

자세한 내막은 아직 알 수가 없으나, 유주는 이 또한 뭔가 김태평 회장의 죽음과 연관이 있다고 생각했다.

'김태우 부자가 연관이 되었나? 흠… 하여간 깊게 파볼 필요가 있겠어.'

유주는 그의 이름과 얼굴을 또렷이 각인시킨 후 태하에게 전달할 생각이다.

아마 그가 이끄는 조직에서 이 정보를 취한다면 충분히 그

뒤를 캘 수도 있을 것이다.

　일이야 어찌되었건 정만기의 신임을 얻게 된 유주는 오늘 귀한 사람으로 대접을 받게 되었다.

　"하하, 이것 참! 내가 부탁을 해놓고 술 한 잔 안 따르고 있었군!"

　"아닙니다! 모신 것만으로도 영광입니다!"

　"아니, 아닐세. 일단 한 잔 받아!"

　"감사합니다!"

　정만기는 그녀에게 잔을 채워주며 물었다.

　"그나저나 박 검사는 남자 있나?"

　"예?! 그, 그건……."

　"부끄러워할 필요 없어. 그냥 짝이 없으면 내가 괜찮은 사람으로 중매를 서줄까 싶어서 말이야."

　"하하! 부장님의 중매라니, 이것 참 흔하지 않은 기회 아닙니까?! 안 그래, 박 검사?"

　유주는 조금 딱딱한 미소를 지었다.

　"하하, 그렇긴 합니다만… 제가 아직까진 독신주의라서 말입니다."

　"그래? 하긴, 여검사로서 결혼은 부담이 될 수도 있겠지. 하지만 한번 잘 생각해 봐. 만약 나중에라도 생각이 바뀌면 나에게 연락을 주고."

그는 유주에게 자신의 개인 명함을 건네주었고, 유주는 그 것을 두 손으로 받았다.

"가, 감사합니다!"

"꼭 연락 한 번 주게. 국정원에도 쓸 만한 놈들 꽤 많거든."

"예, 부장님!"

중매를 받을 생각은 없으니 명함을 얻어냈다는 것에 크게 만족하는 유주였다.

8. 소년에게 세상을

　교도소의 작업시간, 태하는 오늘 특별히 유리공예품이 들어가는 의자를 제작하고 있었다.

　위이이이잉―!

　그는 목공예 작업장에서 일하겠다며 자원해 일과 시간마다 이곳에서 의자를 만들게 되었다.

　오늘은 수많은 재료들 중에서 꼭 유리가 들어가는 제품을 만들겠다고 결정했던 것이다.

　하여, 그는 유리공예를 다루는 6사동 옆 유리공예 작업실을 찾게 되었다.

"필요한 물품이 있으면 가지고 오고 잡담은 금지한다."

"예, 알겠습니다."

워낙 요주의 인물인 태하가 움직일 때마다 최소한 두 명 이상의 교도관이 따라붙기 때문에 그의 행동반경은 상당히 짧은 편이었다.

하지만 그는 짧은 행동반경만으로도 충분히 기회를 노릴 수 있었다.

태하가 유리공예품들을 둘러보고 있는 동안 그의 주위로 강성이 다가왔다.

그는 최근에 유리공예품 작업장으로 옮겨 일하게 되었는데, 오늘은 그의 바람잡이가 되어줄 것이다.

강성은 태하와 눈빛을 교환한 후, 곧장 교도관들을 향해 걸어갔다.

'시작한다.'

'오케이.'

그는 교도관들에게 다가가자마자 갑자기 미친 듯이 날뛰기 시작했다.

쨍그랑!

"이런 씨발! 다 죽었어!"

"뭐, 뭐야?! 이 새끼, 왜 이래?!"

"너, 저번에 나를 곤봉으로 때렸지? 그 손목을 아예 못 쓰게 만들어주마!"

그는 손에 쥐고 있던 유리공예품으로 교도관의 손등을 내려쳤고, 교도관은 그의 손등을 지나던 혈관이 터져 버렸다.

푸하아아악!

"끄아아아악!"

태하는 이제 자신에게 기회가 왔음을 감지한다.

'지금이다!'

그는 난리가 난 유리공예품 작업장 틈바구니에서 정성식을 찾아냈다.

정석식은 차분한 얼굴로 작업에 몰두하고 있다가 소란스러운 주변에 무슨 일이 벌어졌나 주변을 두리번거리고 있었다.

태하는 그런 그에게 천마군영보를 밟아 순식간에 거리를 좁혔다.

파바바바밧!

워낙 크게 난리가 난 터라 경황이 없었던 정성식은 자신의 앞까지 다가온 태하를 발견하자마자 화들짝 놀라 그 자리에 주저앉았다.

"허, 허억!"

"이 새끼, 드디어 만났구나! 내 가족의 원수! 내 동생의 원수!"

그는 정성식의 왼쪽 가슴에 일수를 뻗었다.

"건곤일식, 일피심수!"

퍼억!

"쿨럭, 쿨럭!"

태하는 그의 심장에 일피심수를 꽂아 넣은 후, 곧장 건곤대나이의 심결을 쏟아부었다.

화르르르륵!

그러자, 그의 심장이 미친 듯이 고동치며 눈과 코로 피를 쏟아내기 시작했다.

"허억, 허억!"

하지만 그 피는 계속해서 역류하여 다시 몸속으로 빨려 들어가 극심한 고통을 유발할 뿐, 목숨은 계속해서 유지되고 있었다.

태하는 그런 그에게 물었다.

"네놈은 이곳에서 죽을 것이다. 심장이 쪼그라들어 서서히 죽어갈 것이며, 폐는 모두 녹아 진액이 될 것이다."

"허, 허억! 나한테 왜⋯⋯?"

"너는 나에게 분명 돈을 받았다고 했다. 그런데 나는 너에게 돈을 건넨 기억이 전혀 없다. 그렇다는 것은 네가 숙부님을 죽였다는 사실 역시 사실이 아닐 수도 있다는 소리지. 네놈, 확실히 내 숙부님을 죽였나?"

"쿨럭, 쿨럭! 숙부라니⋯⋯? 혹시 김화평 이사를 말하는 것인가?"

"그렇다. 김화평 이사, 그분을 네가 살해했나?"

"아, 아니다! 난 살해하지 않았어!"

"그럼 뭐야? 어째서 스스로 자수한 것인가?"

"그, 그건……."

"말해라……!"

태하는 일순간 살기를 터뜨려 그의 대뇌를 자극했고, 정성식은 자신이 알고 있는 모든 것을 고스란히 털어놓을 수밖에 없었다.

"…나는 김태평 회장 일가를 살해하고 그 딸을 겁탈하려 했다. 하지만 겁탈에 실패하고 말았지."

"뭐라, 거, 겁탈?"

"…별장에 불을 지르고 그년을 취하려는데 그년이 핸드폰으로 내 눈두덩이를 치고 도망갔다. 그리곤 차를 타고 오솔길을 달리다가 낭떠러지로 굴러 떨어져 버렸지. 그건 블루문에서 시킨 일을 완수하지 못한 것이었다. 그래서 내가 스스로 죄를 만회하기 위해 김화평 이사를 죽였다고 자수한 거다."

"그럼 김화평 이사는 누가 죽였지?"

"블루문의 양재기 상무다. 그놈이 김화평을 죽이고 딸들을 동남아 사창가에 팔아먹었다."

"…개자식들!"

태하는 마지막으로 그에게 넙치 파의 본거지에 대해 물었다.

"좋아, 그럼 마지막으로 묻겠다. 넙치 파의 본거지는 어디지? 보스는 누구야?"

"인천 송도… 그리고 두목은 박창… 식……."

대략 5분간의 소란 끝에 모든 것을 알아낸 태하는 그의 뇌가 서서히 타들어가 죽도록 뒤처리를 했다.

"뇌가 녹아 죽는 것은 처참함, 그 이상이다. 네놈, 죽을 때까지 고통 속에 허우적거리다 생을 마감할 것이다. 그 고통, 죽을 때까지 느껴라!"

태하는 그의 뇌를 진기로 자극해 건곤대나이가 뇌수를 천천히 말려 버리도록 했다.

치지지지직!

"커헉!"

"빌어먹을 놈, 천벌을 받을 것이다!"

이윽고 태하를 향해 세 명의 교도관이 달려온다.

"이놈! 도대체 뭘 하는 것이냐!"

"…단죄다."

"뭐?"

태하를 포박하는 동시에 정성식을 바라본 교도관들은 경악을 금치 못한다.

"흐어어억, 흐어어억!"

"왜, 왜 이래?! 왜 고막에서 피가 흘러나오는 거지? 네놈, 도대체 무슨 짓을 한 것이냐!"

"후후, 나는 모르는 일이다."

"제기랄! 이놈을 독방으로 옮기고 환자를 병원으로 이송한다!"

"예!"

이제 태하와 강성은 곧바로 독방으로 끌려가 경찰 조사를 받게 될 터였다.

*   *   *

같은 시각, 챕스틱은 면회실에서 누군가와 접견을 갖고 있었다.

접견을 갖은 사람은 160㎝가량의 단아한 체구를 가진 여인이었는데, 그녀는 고운 개량 한복을 입고 있었다.

챕스틱은 그녀에게 교도소의 IP주소를 건네주며 말했다.

"이 주소로 접속해서 전산 오류를 일으킬 수 있겠어?"

"국가기관이야?"

"교도소 IP야. 뚫을 수 있겠어?"

그녀는 살며시 고개를 끄덕였다.

"물론이지. 하지만 이번엔 또 어떤 범죄를 일으키려는 거야? 혹시 또 중죄를 저질러 평생 감옥에 틀어박히려는 것은 아니겠지?"

그는 고개를 가로저었다.

"아니, 오히려 그 반대다. 난 이 작업을 통해서 세상 밖으로 나갈 거야."

"…탈옥을 하겠다고?"

"쉿! 잘못하면 다 들리겠어."

그녀는 썩 마뜩찮은 표정을 지었다.

"어지간하면 그냥 형기를 마치고 나오는 편이 좋지 않겠어? 네가 나왔을 때엔 내가 알아서 먹여 살릴게."

"아니, 그건 내 성미에 맞지 않아. 잘 알잖아?"

"흐음……."

챕스틱의 제안이 별로 마음에 들지 않는 그녀였지만 어쩔 수 없다는 듯이 IP주소를 받아 적었다.

"알겠어. 오류를 일으켜 줄게. 어떤 오류를 일으키면 되는 거야?"

"근무 공정표와 향후 죄수 이감에 동원될 인원 차출에 대한 전산을 무력화시켜 줘. 그리고 그 이후엔 당분간 전산이 복구되지 않도록 손을 좀 써주고."

"좋아, 이 정도면 네가 감옥에서 나올 수 있다는 것이지?"

"물론."

이윽고 그녀는 곧바로 자리에서 일어섰다.

"알겠어. 그럼 나는 지금 바로 작업에 들어갈게."

"고마워."

"…고맙긴, 제발 네 몸이나 좀 조심해."

"알겠어, 누나."

그녀가 면회실을 나서자, 챕스틱 역시 함께 자리에서 일어서 면회실을 나섰다.

*   *   *

이른 오후, 한 사내가 또 다른 면회실로 들어섰다.

철컹!

면회실에 들어선 사내는 자신을 찾아온 청년을 바라보며 꾸벅 고개를 숙인다.

"오셨습니까?"

"생활은 할 만한가?"

"…그럭저럭 괜찮습니다."

"하지만 놈을 죽일 기회가 별로 없어 문제겠군?"

"죄송합니다!"

청년은 고개를 가로저었다.

"아니다. 뭐, 그럴 수도 있는 일이지."

그는 사내에게 뭔가를 암시하는 글귀를 노트에 적어 보여

준다.

"이때, 내가 말했던 물건을 넣어주겠다. 그때를 노리도록."

"감사합니다. 하지만 그게……."

"무슨 일인가?"

"이미 교도소 내부에서 독살이 벌어졌습니다."

"독살이?!"

"아무래도 누군가 작정하고 일을 벌인 것 같습니다. 덕분에 지금 이 교도소 안으론 그 어떤 물품도 보낼 수 없을 겁니다."

"흐음……."

"기회는 나중으로 미루는 편이……."

청년은 이내 고개를 끄덕였다.

"그렇군. 알겠다. 일이 잠잠해지면 나에게 기별하도록."

"예, 알겠습니다."

이윽고 자리에서 일어선 청년은 잠시 잊고 있었다는 듯이 말했다.

"아참, 그리고 말이야. 이번 일이 마무리되면 네 가족들은 스위스로 이민을 가게 될 것이다. 편지는 그때 주고받아."

"감사합니다!"

그리곤 이내 돌아서는 청년, 사내는 그런 그의 미소에 더 큰 불안을 느꼈다.

'만약 일이 실패한다면…'

그의 동공은 계속해서 떨려와 결코 멈출 생각을 하지 않았다.

*   *   *

이른 아침부터 교도소로 한 무리의 경찰관들이 찾아왔다.

태하는 교도소 안에 마련되어 있는 취조실에 들어가게 되었고, 그들의 집중적인 취조를 받았다.

이번에 이곳으로 찾아온 사람은 김정문 살해사건 때 파견되었었던 추나희 경감과 그녀의 팀원들이었다.

추나희 경감은 모두 네 명의 형사들과 함께 당시의 상황에 대해 설명했다.

"죄수번호 2156번 강성이 난동을 부리는 동안 너는 정성식의 심장에 뭔가를 찔러 넣었다. 맞나?"

"글쎄요, 저는 그냥 그 사람의 가슴에 손을 얹었을 뿐입니다."

"…손을 얹은 것만으로 사람이 사경을 헤맨단 말이야?"

"그거야 저로서도 알 도리가 없지요."

그녀는 태하에게 정성식의 혈액검사 결과를 건네며 말했다.

"잘 봐, 이 사람은 폐가 녹아 없어졌어. 그리고 뇌가 서서히 젤라틴처럼 흐물흐물해져 제 기능을 못하고 있지. 그런데 말이야, 이 사람의 몸에서 신경독의 일종인 맨드레이톡신이 발견되었어."

"그게 도대체 뭔데 저와 상관이 있다는 말씀이시지요?"

"맨드레이톡신은 결코 자연적인 현상으로 만들어낼 수 있는 신경독이 아니야. 화학물질 합성으로 만들어지는 신경독이다. 한 마디로 화학무기라는 소리지."

"그래서요?"

"이 독이 신경 작용을 한 추정 시간이 딱 네가 손을 얹었던 시간과 일치한다. 네가 과연 어떤 경로로 이 맨드레이톡신을 손에 넣었는지 알 수는 없지만, 확실한 것은 네가 독살을 시도했다는 것이다. 너 말고 다른 사람들은 모두 알리바이 설립이 끝났어. 또한, 맨드레이톡신은 신체에 들어가자마자 0.5초 내로 신경 작용을 일으키는 독이다. 이 사건을 일으킬 수 있는 사람은 너 이외엔 없어."

태하는 이번에도 고개를 가로저었다.

"하지만 저에게서는 그 어떤 범죄 도구도 발견되지 않았습니다만?"

"…도구는 그 자리에 은닉했을 수도 있지. 아무튼 네가 가장 유력한 용의자라는 것은 틀림없다."

"글쎄요, 그게 어째서 제 잘못이라는 겁니까?"

"……"

추나희는 슬그머니 자리에서 일어서더니, 이내 형사들에게 물었다.

"이곳 CCTV를 좀 끌 수 있겠나?"

"물론입니다."

형사들은 중앙통제실로 전화를 연결시켰고, 이내 빨간불이 들어오던 CCTV가 작동을 멈추었다.

팟!

그러자, 추나희는 다짜고짜 태하의 가슴팍을 구두 굽으로 후려 찼다.

퍼억!

"크흡!"

"이런 개새끼를 보았나… 대한민국 경찰이 졸로 보이냐? 앙? 내가 우스워?"

"뭐, 그런 것은 아닙니다만……."

"그럼 뭐야? 네놈, 도대체 무슨 똥배짱으로 이렇게까지 말도 안 되는 범죄를 저지른 거냐! 이러고도 살아남기를 바라는 건가!"

"거참, 아니라는데 자꾸 이러실 겁니까? 법치국가에서 증거도 없이 사람을 이렇게 몰아붙여도 되는 겁니까?"

"CCTV가 증거화면이다. 네가 손을 댔다 떼었을 때, 그는 발작을 일으키며 피를 뿜어냈어. 그게 무엇을 의미하는 것이겠나?"

"아니, 그러니까 범행에 사용되었던 도구가 없지 않습니까?"

"······."

맨드레이톡신은 신체에 들어가자마자 폐의 폐쇄를 가지고 옴과 동시에 뇌경색을 일으킨다.

그리고 시간이 지남에 따라 점점 폐가 사라져 그 기능을 상실하게 되며, 뇌는 젤라틴처럼 변해 더 이상 제구실을 할 수 없게 된다.

한마디로 맨드레이톡신은 사람을 서서히 죽이는데 가장 탁월한 무기들 중 하나라는 소리였다.

치사율 100%, 현재까지 해독제를 발명하지 못한 맨드레이톡신은 세계 위험 물질 순위 1순위에 랭크가 되어 있다.

그 어떤 누가 만들었는지, 어떻게 만드는지조차 알 수 없는 맨드레이톡신은 제조 방법이 공개되어 있지는 않지만, 단 하나 확실한 것은 화학물질 조합으로 만들어 진다는 것이었다.

때문에 경찰에서는 이 사건을 아직 극비에 붙여 국가적 혼란을 초래하는 것을 막고자 했다.

맨드레이톡신이 한국에 유입되었다는 것은 화학 테러의 위험에 노출 되었다는 것과 진배가 없기 때문이다.

더군다나 그 장소가 탁 트인 공터도 아니고 외부와의 접촉이 제한되어 있고, 감시받는 감옥 안이라는 것이 밝혀진다면 논란을 가중시킬 수밖에 없을 것이다.

그런 이유로 지금 태하의 조사는 비밀리에 진행이 되고 있으며, 그가 이감되는 것은 단순 폭동으로 붙여질 터였다.

태하는 바로 이런 사태가 벌어지도록 미리 손을 써둔 것이었다.

일피심수가 만들어내는 상황이 꼭 맨드레이톡신과 같았기 때문에 그는 일부러 그의 심장에 손을 찔러 넣었다.

그리고 경찰은 태하의 의도대로 그것을 맨드레이톡신에 의한 독살이라고 단정 지었다.

아마 지금쯤 경찰은 물론이고 검찰에서도 이 사건을 다루느라 골머리를 앓고 있을 것이 분명했다.

태하는 슬그머니 미소를 지었다.

"후후, 뭐가 어찌되었건 간에 죽을 놈이 죽는 것이니 나쁠 것은 없지요. 안 그렇습니까?"

"…이런 미친 새끼를 보았나!"

그녀는 다시 한 번 태하의 가슴팍을 발로 후려 찼고, 그는 또 바닥에 널브러졌다 다시 일어서기를 반복했다.

"자꾸 때리시는군요?"

"지금부터 너는 이번 사건의 용의자로서 경찰 조사를 받게 될 것이다. 조사는 철저히 구속해서 이뤄질 것이며, 앞선 범죄와 함께 다루어져 가중처벌을 받을 테지. 한마디로 너는 앞으로 사형수 생활을 하게 될 것이라는 소리다."

"뭐, 어차피 무기징역이나 사형이나 그게 그거 아닙니까?"

추나희는 자리에서 일어서 형사들에게 그를 구속할 것을 명령했다.

"구속해."

"예, 알겠습니다."

철컥!

경찰들은 그에게 수갑을 채우며 미란다 원칙에 대해 설명했다.

"천태수, 너를 정성식 살해 혐의로 체포한다. 지금부터 네가 하는 말은 법정에서 불리하게 적용될 수 있으며, 묵비권을 행사할 수 있다. 또한, 변호사를 선임할 수 있으며, 변명의 기회가 주어진다. 후우… 끌고 가."

"예!"

이윽고 태하는 경찰과 교정의 협조하에 서울지경으로 향했다.

*　　　*　　　*

같은 시각, 태하의 살해사건을 도왔다는 혐의를 받은 강성은 경찰 조사에서 모든 것을 자백했다.

그는 자신이 태하의 지시를 받고 난동을 일으켰다고 순순히 자백했던 것이다.

"그러니까, 너는 천태수의 지시를 받아 난동을 일으켰고, 그로 인해 살인이 일어날 줄은 몰랐다?"

"사람을 죽인다는 소리는 없었습니다. 그냥 폭동을 일으키면 사례하겠다고 말했을 뿐."

"…골 때리는 놈들이군. 교도소 안을 아주 자기들 마음대로 휘젓고 다니고 있어."

형사는 그에게 또 한 가지 의혹에 대해 질문한다.

"좋아, 또 하나 묻겠다. 천태수가 들여왔던 신경독에 대해 아는 것이 있나?"

"신경독이요?"

"그는 상대방을 치명적인 신경독으로 죽였다. 알고 있나?"

그는 고개를 가로저었다.

"아닙니다. 그가 신경독을 가지고 왔는지는 몰랐습니다."

"그럼 너는 이번 살인 사건과는 아무런 연관이 없다는 소리군?"

"뭐, 그렇다고 할 수 있지요."

"이것 참……."

그의 조사가 계속되고 있던 도중, 불현듯 조사실 문이 열리며 추나희 경감이 들어선다.

철컹!

"충성!"

"됐어. 경례는 집어치우고 이놈부터 잡아들여."

"네? 그게 무슨……."

"어찌되었건 이놈도 천태수와 한패인 것은 마찬가지 아닌가? 경찰서로 끌고 가서 조사한다."

"하지만……."

"어서 묶어. 지금 이 타이밍을 놓치면 이놈들이 또 무슨 짓거리를 할지 아무도 몰라."

"예, 알겠습니다."

교도소 역시 사람이 사는 곳이라고 생각해서인지, 그녀는 최대한 신속하게 두 사람을 구속하여 지경으로 끌고 갈 생각이었다.

철컥!

"강성, 너를 정성식 살해사건의 공모자로 체포한다. 지금부터 네가 하는 말은 법정에서 불리하게 적용될 수 있으며, 묵비권을 행사할 수 있다. 또한, 변호사를 선임할 수 있으며, 변명의 기회가 주어진다."

"마음대로 하십시오."

"끌고 가."

"예!"

그 역시 태하와 함께한 버스를 타고 서울지경으로 향하게
될 것이다.

*　　　*　　　*

태하가 경찰 조사를 마치고 난 직후, 그는 별다른 조치도
없이 곧바로 지경으로 넘겨서 조사를 받게 될 것이었다.

또한, 사건에 가담한 것으로 밝혀진 강성 역시 태하와 함께
경찰서에서 구속 수사를 받게 될 터였다.

교도관들은 이 두 사람을 서울 종로까지 연행하기 위해 버
스에 동승하게 될 것이었다.

그런데 어쩐 일인지 동승을 위해 모인 사람이 무려 30명이
넘었다.

"어라? 자네가 여긴 어쩐 일이야?"

"나? 이감 동승으로 이곳까지 온 것인데?"

"뭐? 그게 무슨 소리야?"

집합시간은 오후 세 시, 이제 슬슬 필요 인원이 충족되어
자리를 채우게 될 시간이다.

그런데 이상하게도 사람들은 계속해서 대기실로 꾸준히 모
여들고 있었다.

"어, 어어……?"

"자네들, 여기서 뭐하는 건가?"

"뭐하긴, 근무 준비하는 것 안 보이나?"

"오늘 외근은 나와 이 친구로 배정되었는데?"

"에이, 그럴 리가 있나? 오늘 외근은 우리 팀에서 나가기로 했는데."

"뭐?"

교도관들은 그제야 전산에 오류가 발생했다는 것을 깨달았다.

"중앙통제실로 전화하자고. 이게 도대체 무슨 경우야? 안 그래도 일손이 부족해서 난리인 판국에."

"그래, 잠시만 기다려. 내가 전화를 해볼게."

수많은 교도관 중 한 명이 수화기를 들었다.

—치지지직!

"음? 이상하네. 왜 전화 연결이 안 되는 거지?"

"뭐라고?"

이어서 다른 인원들이 중앙통제실에 전화를 걸었지만 전파가 제대로 닿지 않는 것은 매한가지였다.

마치 오지에서 전화를 거는 것처럼 전파가 닿지 않는 다는 것은 이곳 서울에서는 결코 상상조차 할 수 없는 일이었다.

이제 그들은 대기실에 걸려 있던 무전기를 꺼내어 중앙통제실로 연결시켰다.

치익!

"아아, 여기는 외근자 대기실! 중앙통제실, 등장 바랍니다!"

─치이익! 네, 중앙통제실입니다. 무슨 일이시죠?

"오늘 외근에 동원될 사람들의 명단에 뭔가 착오가 생긴 것 같아서요. 확인 좀 부탁합니다."

─착오요? 잠시만 기다리십시오.

중앙통제실 직원은 뭔가를 잠시 확인하는 듯하더니, 이내 무전을 날렸다.

─치익! 여기는 중앙통제실입니다. 이것 참, 무슨 영문인지는 몰라도 근무 공정표와 외근 직원 파견 목록이 모두 꼬여버렸습니다. 잘못하면 이번 주 근무를 통째로 수정해야 할지도 모르겠는데요?

"그럼 오늘 외근자는 누구란 말입니까?"

─우선, 가장 먼저 도착하신 분께서 동승하시지요. 남은 사람들은 전부 이곳으로 돌아와서 근무표를 다시 배정받으세요.

"알겠습니다. 일단 가장 먼저 온 사람을 보내고 곧바로 돌아가겠습니다."

─네, 죄송합니다. 신속하게 움직여주세요.

"예, 수고하십시오."

이제야 모든 미스터리가 풀린 교도관들은 삼삼오오 대기실을 나서기 시작한다.

"에이, 외근이라고 좋아했더니 말짱 꽝이군!"

"그러게 말이야."

교도관들이 하나둘 대기실을 나서려 할 때, 갑자기 교도소 내부에 사이렌이 울렸다.

위이이이잉!

따르르르르릉!

"불?"

"이런 젠장! 어서 나갑시다!"

철컹!

그들이 밖으로 나서려는 순간, 교도소 내부의 모든 문이 잠기며 대기실 역시 잠기고 말았다.

"제기랄! 화제 경보기가 울리는 바람에 이곳의 문이 잠긴 모양인데요?"

"그럼 어떻게 합니까?! 아무튼 일단 중앙통제실에 연락해서 계속 상황을 주시하자고요!"

"그럽시다!"

도대체 뭐가 어떻게 돌아가는 것인지는 몰라도 범상치 않은 일이 벌어지고 있다고 직감한 교도관들이었다.

9. 밖으로

같은 시각, 사동과 교정 안에선 재소자들이 안전 지역으로 일제히 대피하는 소동이 벌어지고 있었다.

따르르르르릉!

촤라라라락!

사이렌이 울림과 동시에 천장에서는 스프링클러가 터져 혼란은 몇 배 더 가중되고 있었다. 게다가 30명이나 되는 교도관들이 자리를 비우는 바람에 그들 대신 안전 요원들과 경찰 병력이 재소자들을 인도하고 있었다.

"신속하게 움직인다! 봐서 알겠지만, 지금 이곳에는 경찰 병력까지 함께 있다! 허튼 수작을 부렸다간 다 죽는 거다!"

"예……."

저마다 손에 밧줄이 묶인 채로 앞사람과 함께 줄줄이 안전지역으로 이동하는 재소자들의 얼굴에는 불안감이 가득하다.

하지만 그런 그들 중에서도 유독 침착한 사람들이 있다.

"그런데 도대체 어디서 불이 났다는 겁니까?"

"뭐? 그건……."

"불이 났으니 사이렌이 울렸겠지요. 헌데, 불이 난 구역도 제대로 모르면서 움직이는 것은 그냥 자살행위 아닙니까?"

"…일단 중앙통제실에서 사건의 진상에 대해 파악하고 있으니 그냥 닥치고 시키는 대로 움직여."

"우리들도 알 권리라는 것이 있지 않습니까? 그러니 좀 알려주시죠."

"맞습니다!"

웅성, 웅성!

단 두 사람, 많지도 않은 그들의 말에 교도소 전체가 술렁이기 시작했다. 교도관들은 잘못하면 자신들의 통제를 벗어날 수도 있는 재소자들을 억압하여 사태를 수습하기로 했다.

쾅!

"조용히 하지 못해? 재소자들 주제에 무슨 알 권리냐! 감방에 처 들어왔으면 그냥 닥치고 콩밥이나 처먹으면 되는 거야!

알겠나!"

"그래도 목숨이 걸린 일인데 알 건 알아야 하지 않습니까!"

"맞습니다!"

평소였다면 당연히 교도관들의 말에 순순히 따랐겠지만, 지금과 같은 비상사태에선 한 번 불거진 소란은 좀처럼 가라앉을 생각을 하지 않았다.

아니, 오히려 시간이 지나면 지날수록 의혹만 점점 더 커져갈 뿐이었다.

이제 교도관들은 자신들의 능력으론 이들을 합법적으로 다룰 수 없다고 판단했다.

"좋아, 지금부터 떠드는 놈들은 전부 징계위원회로 넘기겠다. 알고 있지? 징계위원회에 회부되면 어떻게 되는지."

"……"

교도소에서 징계를 받는다는 것은 결코 달가운 일이 아니었다. 때문에 소란은 아주 서서히 잠잠해지는 것 같았다.

하지만 그런 논란은 끝을 모르고 터져 나왔다.

"젠장! 감방에 들어왔으면 사람도 아닌가? 이제 도대체 무슨 처사야!"

"맞아! 우리는 사람도 아니냐!"

"맞소!"

"옳소!"

이번에도 두 사람의 외침으로 인해 잠잠해졌던 사태에 또다시 불이 붙기 시작했다.

웅성, 웅성!

"알 것은 알고 넘어갑시다! 이대로 끌려 갔다가 무슨 봉변을 당하려고 그럽니까? 우리의 목숨은 목숨도 아닙니까?"

"옳소!"

"제기랄……!"

이제 남은 것은 교도관들과 경찰들이 가지고 다니는 권총 안의 공포탄뿐이다.

철컥, 타앙!

"초, 총?!"

"한 번만 더 떠들어라! 폭동은 즉결 처분감이다! 몇 놈 죽어 나간다고 해도 별문제가 아니라는 소리다! 자, 누구부터 죽을 건가!"

"……."

잠시 정적이 흐르는 사동 안, 하지만 그것은 아주 찰나에 불과했다.

"에이, 이런 씨발놈들! 다 죽어라!"

"와아아아아!"

한 사람의 외침을 시작으로 죄수들은 갑자기 미친 듯이 날뛰기 시작했고, 경찰과 교도관들은 화들짝 놀라 그들을 향해 총을 겨눴다.

철컥!

"움직이면 쏜다!"

"쏴, 이 개자식들아!"

혼란은 혼란을 가져오는 법, 올바른 생각이 박힌 사람들이라면 가만히 있겠지만 교도소 안 재소자 중 절반 이상이 이미 합법과는 거리가 먼 사람들이었다.

그들 전부는 한번쯤 탈옥을 꿈꾸었고, 그로 인해 가슴 속에는 억눌린 자유가 꿈틀거리고 있었다.

이 모든 사태를 조장한 최충선은 슬그머니 미소를 지었다.

'후후, 다 되었다!'

계획대로 진행되었다고 생각한 그는 은밀히 동료들을 이끌고 대열 바깥으로 신속하게 움직이기 시작했다.

*   *   *

따르르르릉!

사이렌이 울리고 있는 교도소 안, 그런 교도소 안에서도 감옥 안에서 사용하는 모든 열쇠가 보관되는 곳이 있다.

그곳은 바로 중앙통제실.

콰앙!

굳게 닫혀 있던 중앙통제실이 열리면서 김강철이 들어섰다.

"뭐, 뭐야?!"

"뭐긴, 뭐야! 사람이지!"

그의 뒤를 이어 곧장 임윤식이 뛰어 들어와 특유의 빠르고 무거운 주먹을 휘둘렀다.

퍽! 퍽퍽!!

"크헉!"

"네, 네놈……!"

"오랜만에 주먹에 사람 살덩이가 달라붙으니 그 맛이 아주 쏠쏠하군!"

"젠장……!"

임윤식은 중앙통제실에 상주하고 있던 세 명의 교도관을 단 삼 수에 무릎을 꿇렸다.

빠각!

"끄헉!"

이윽고 그는 교도소 내부에서 관리하고 있던 버스의 시동 키를 찾아 김강철에게 건넸다.

"받아! 나는 대형 면허가 없어서 말이야."

"…나도 없는데?"

"도둑이었다면서? 그 정도도 못하나? 그러고도 대도야?"

"……."

김강철은 자신을 스스로 대도라고 칭하며 그릇이 큰 도둑이라고 입버릇처럼 떠들고 다녔다.

그런 그에게 자존심을 건드리는 한 마디는 무엇이든 할 수 있게 만드는 원동력이 된다.

"…당연히 할 수 있지! 무식한 깡패와는 다르니까!"

"그럼 됐네. 가자고."

두 사람은 열쇠를 챙겨 중앙통제실을 나섰다.

같은 시각, 태하와 강성은 다섯 명의 동료와 함께 이곳을 빠져나갈 버스 앞에서 대기하고 있었다.

쩍각 쩍각—

태하는 교도소 정문에 붙어 있는 시계를 바라보며 시간을 재고 있었다.

"앞으로 30초 후면 경찰이 당도한다. 그전까지 어떻게든 이곳을 빠져나가야 해!"

"젠장! 무슨 열쇠를 구하는데 이렇게 오래 걸려?"

우태는 아직까지 도착하지 않은 김강철과 임윤식 때문에 일을 그르칠까 걱정했다.

"사부님, 만약 그들이 제시간에 도착하지 않으면 어떻게 되는 겁니까?"

"맨몸으로 빠져나가야지."

"크흠……."

불안한 기색이 역력한 일행들, 그들은 뚫어져라 두 사람이 도착할 지점만 바라보고 있었다. 하지만 바로 그때, 전혀 예상치도 못했던 복병을 만나게 되었다.

철컥!

"손들어! 움직이면 쏜다!"

"경찰?!"

"서울지경 추나희 경감이다! 지금 자수하면 정상참작의 여지를 마련해 주마!"

"……."

방금 전 태하를 취조했던 추나희는 이 난리통에도 그의 행적을 쫓았고, 그 결과 이곳까지 오게 된 것이다.

"역시 형사는 다르군."

"움직이지 마라! 정말로 쏜다!"

"그럴 순 없을 텐데?"

순간, 태하는 재빨리 천마군영보를 밟아 그녀의 앞까지 단숨에 이동했다.

쉬이이이익, 타악!

"허, 허엇!"

"이런 물건은 진짜배기 범죄자들에게 쓰는 거다. 나와 같이 억울한 사람들에게 쓰는 것이 아니라."

"…범죄자 주제에 뻔뻔하기 그지없군!"

이윽고 태하는 그녀의 총을 오른손으로 잡아 일그러뜨려 버렸다.

끼기기기기긱, 팟!

"초, 총이……?"

"이깟 장난감은 앞으로 나에게 겨누지 말았으면 좋겠군."

이윽고 추나희의 뒤로 김강철과 임윤식이 달려오고 있다.

"받아! 먼저 버스의 문을 열어!"

"뭐라고?"

그들은 전력을 다해 열쇠를 던졌고, 감녕은 무의식적으로 그것을 받아들었다.

"뭐야? 왜 저러는 거야?"

"저, 저쪽을 봐!"

두 사람이 달려온 길을 따라서 대략 30명에 달하는 경찰들이 달려오고 있었고, 이제 그들은 꼼짝없이 포위 상태에 놓이게 된 것이었다.

"잡아라!"

"겨, 경찰!"

감녕은 재빨리 버스의 문을 열고 운전석에 올랐다.

지이이잉—

"어서 타십시오! 다들 타요!"

"알겠습니다!"

태하를 제외한 모든 동료들이 버스에 타자, 감녕은 버스에 시동을 걸었다.

끼리리릭, 부아앙!

감녕은 아직도 그녀와 대치하고 있던 태하를 바라보며 외쳤다.

"어서 타시오! 놈들이 곧 들어 닥칠 것이오!"

"알겠다!"

태하는 그녀의 허리춤에 있던 수갑을 추나희의 두 손에 채우더니, 이내 그녀의 발을 걸어 넘어뜨렸다.

퍼억!

"큭!"

"나중에 인연이 닿는다면 또 보자."

"제기랄! 반드시 잡는다! 내, 너를 반드시 잡고 말 것이다!"

이윽고 태하는 바닥을 한 번 세차게 밟아 도약한 후, 그대로 버스의 유리창을 뚫고 들어왔다.

쨍그랑!

"사부님! 괜찮으십니까?!"

"괜찮다! 어서 출발해!"

"알겠소!"

끼이이익, 부아아앙!

버스는 곧장 교도소 운동장을 가로질러 정문으로 향했다.

"신방장! 앞에 정문이 있어! 이대로라면 우리는 다 죽어!"

"알겠어!"

태하는 맨 앞 좌석의 창문을 열고 몸을 내민 후 자신의 앞을 굳건히 막고 있는 거대한 철문으로 권풍을 날렸다.

"마권장!"

부웅, 콰앙!

그의 일수에 거대한 철문은 마치 종잇장처럼 일그러져 버렸고, 버스는 그것을 그대로 들이받았다.

"모두들 꽉 잡아!"

"으으으으윽……!"

쾅!

"크헉!"

"골이 다 흔들리는군!"

버스가 그대로 철문을 받아버리는 바람에 보닛이 약간 파손되긴 했지만 당분간 전속력으로 달리는데 문제는 없을 터였다.

태하는 감녕에게 시가지 앞에서 차를 세울 것을 지시했다.

"이제 감옥을 나왔으니 버스는 버리고 승합차를 구해서 인천까지 가자. 그곳에 내가 준비한 배가 한 척 있어."

"배? 그런 것을 준비했었소?"

"물론이지. 내 배에 새로운 신분이 되어줄 여권과 주민등록

중이 있으니 그것을 가지고 중국으로 간다."

"알겠소, 그렇게 합시다."

태하와 그의 동료들을 태운 버스가 앞을 향해 무작정 달리기 시작한다.

＊　　　＊　　　＊

서울 시가지 진입 10분 전, 태하는 이쯤에서 버스를 멈추어 세웠다.

끼이이익—!

"여기서 내려 승합차 한 대 구해서 가자고."

"지금쯤이면 검문이 쫙 깔리지 않았을까?"

"그러니 놈들이 우리의 꼬리를 밟기 전에 인천까지 도주해야지. 어서 가자고."

이곳은 본격적인 시가지로 들어가기 전이기 때문에 10층 이상 건물을 찾아보기는 힘들었다.

하지만 그 대신에 바다와 인접했기 때문에 농사를 짓거나 수산물 도매업을 업으로 삼는 사람들이 많았다.

태하는 한적한 농가로 다가가 이 동네에 있는 조합으로 향한다.

대략 10대의 트럭과 세 대의 승합차가 있는 이곳에서 태하는 적당히 허름하면서도 달리는데 이상이 없어 보이는 승합차 한 대를 골랐다.

"어이, 대도, 딸 수 있겠어?"

"그걸 말이라고 하나?"

특수 절도로 8년 형을 받은 그에게 이깟 자동차 하나 여는 것은 일도 아니었다.

그는 주변에 널려 있던 플라스틱 바를 적당한 크기로 오므리더니, 그것을 차의 문틈에 찔러 넣었다.

끼릭, 끼릭—

구형 자동차의 경우엔 문을 여는 잠금장치가 유리창 바로 아래에 있기 때문에 플라스틱 자처럼 단단하고 얇은 물건 하나만 있으면 충분히 그 문을 딸 수가 있다.

따악!

"오케이, 작업 완료!"

"자, 그럼 가자고!"

태하는 자동차 앞좌석에 앉아 운전석 키 박스를 뜯어내고 운전대 아래에 있던 배선들을 끄집어냈다.

우드드득!

그리곤 시동이 걸리는 연결선 두 개를 접합했다.

끼리리릭, 부아아앙!

열쇠가 돌아가면서 시동을 거는 원리를 유추하여 키 박스를 뜯어내 접합한 건데, 그 추측이 여지없이 들어맞은 것이다.

"오호, 꽤 하는데?"

"이 정도는 기본이지."

이제 태하는 이 승합차를 타고 서울 외곽순환도로를 타고 무작정 인천을 향해 달리기 시작했다.

*　　　*　　　*

같은 시각, 서울중앙지검과 경찰청에선 사라진 재소자 여덟 명을 찾기 위해 전국에 지명수배를 내렸다.

그리고 서울을 빠져나가는 모든 도로마다 전부 검문소를 설치하여 일제히 검문검색을 펼쳤다.

오후 다섯 시, 추나희 경감은 한 시간째 검문검색에 참여하며 직접 범죄자들을 찾아내고 있었다.

"수고하십니다, 잠시 검문이 있겠습니다."

"네."

경찰서 내부의 모든 의경들을 동원하여 서울외곽순환도로를 점령한 그녀는 매의 눈으로 차량 안을 들여다본다.

하지만 아직까지 이렇다 할 증거나 성과는 찾아내지 못하고 있었다.

그녀의 팀원들은 범죄자들이 이미 서울을 빠져나갔을 것이라고 전언했다.

"팀장님, 아무래도 놈들이 서울을 빠져나간 것 아닙니까? 우리가 검문을 시작한 지 한 시간이 지났지만 실제적으로 놈들이 파옥한 것은 세 시간 전이지 않습니까."

"맞습니다. 검문소를 옮기는 편이 나을 것 같습니다."

"…젠장! 하필이면 러시아워 직전에 사건이 터지다니, 일부러 그 시간을 노린 것인가?!"

서울은 3시경이 되면 슬슬 차가 막히기 시작해서 4시에서 5시 사이로 넘어가면 본격적으로 차량정체가 시작된다.

그리고 6시에 도달하게 되면 이른바, '러시아워' 시간대가 되어 차량 행렬이 끝도 없이 이어진다.

특히나 서울에서 외부로 빠져나가는 차량들이 많기 때문에 이 시간대엔 차를 타고 이동하기가 참으로 힘들다.

헌데, 용의자들은 이 시간대를 교묘히 피해 파옥을 하고 교도소 버스까지 절도하여 도망갔다.

게다가 중간에 버스를 버리고 도주했기 때문에 어지간해선 그들을 잡기가 쉽지 않았다.

하지만 그녀는 끝까지 희망의 끈을 놓지 않았다.

"일단 인천지경에 전화하고 협조를 요청해. 서울에서 인천으로 나가는 길목에 검문소 차리고 있는 차량은 죄다 뒤지라고 전해."

"예, 알겠습니다. 지금 당장 협조 요청하겠습니다."

이윽고 추나희는 자리를 뜨기로 한다.

"김형사, 강형사, 나 따라와. 인천으로 간다."

"예, 팀장님."

이제부터 중요한 것은 그들이 어디로 이동하느냐를 유추하여 추격하는 것이다.

머리를 굴리지 않으면 평생 범죄자들을 놓치고 후회하게 될 터였다.

'반드시 잡는다!'

추나희 경감은 오늘 못 잡으면 내일, 내일이 안 되면 그 모레, 글피까지 죽치고 놈들 따라다니겠다고 다짐했다.

*   *   *

4시쯤 서울내부순환도로 중간에 차를 버린 태하는 갓길을 이용해 도보로 인가까지 내려왔다.

그리고 그곳에서 평상복을 훔쳐 입고 지하철을 이용하여 인천까지 이동하기로 했다.

아무리 경찰이라고 해도 서울시내 지하철을 모두 뒤져 사람을 찾아내기란 거의 불가능에 가까웠기 때문에다.

더군다나 지하철을 검문검색한다는 것은 서울은 물론이고

수도권 전 지역을 커버해야 하니, 그것은 사실상 불가능한 일이었다.

순환도로 외곽에 위치한 민가에서 옷을 훔쳐 입고 죄수복은 하수도에 구겨 넣은 태하는 일행들에게 현금이 있는지 물었다.

"지금부터는 지하철까지 가야 해. 혹시 현금이 있나?"

"그런 것이 있을 리가 없지."

"흠……."

"훔칠까? 아니면 강도를 벌이던지."

태하는 고개를 가로저었다.

"지금부터 내가 하는 말을 잘 들어. 이제 우리는 그 어떤 범죄도 저지르지 않는다. 단 한 푼이라도 남의 지갑에 손을 댄다면 우리는 그저 범죄를 저지르기 위해 탈옥한 사람들밖에 안 되는 거야."

"그럼 어떻게 할까? 이대로 인천까지 걸어가면 최소한 반나절은 걸릴 텐데."

"조금만 기다려. 내 조력자들에게 연락을 취할 테니."

"조력자?"

"그런 사람들이 있어."

태하는 인근에 위치해 있던 공중전화를 찾아내 제프에게 전화를 걸었다.

—제프 페롤슨입니다.

"나다, 태하."

—보스! 성공하셨군요!

"그래, 지금 파옥해서 서울시내에 있다."

—대단하십니다! 성공할 것이라 예상하고는 있었지만, 직접 그 소식을 들으니 기쁘기 그지없군요.

"후후, 고마워. 그건 그렇고, 지금 당장 승합차 한 대 구해줄 수 있나? 타고 왔던 차를 계속 타는 것은 위험할 것 같아서 말이야."

—알겠습니다. 택배회사 로고가 붙은 특장차를 한 대 구해서 보내겠습니다.

"부탁 좀 하지."

—아닙니다. 부탁은요, 당연히 해야 하는 일 아닙니까?

이윽고 그는 태하에게 접선장소를 고지했다.

—지금 어디쯤 계십니까?

"한남동 내부순환도로 인근이야."

—알겠습니다. 그럼 한남동 이엘티 빌딩 앞에서 기다리시면 제가 가겠습니다.

"그래, 고마워."

이내 전화를 끊은 태하는 곧바로 동료들을 이끌고 한남동 이엘티 빌딩으로 향한다.

＊　　　＊　　　＊

이엘티 빌딩은 한남동에서 가장 유명한 곳 중 하나이기 때문에 어지간한 사람들은 대부분 그 위치를 알고 있다.

조금 남루한 복장이긴 했지만 태하는 이 인근을 지나는 사람들과 비교했을 때, 어색하거나 수상한 부분을 찾을 수는 없었다.

6시 10분경, 태하는 자신의 앞에 멈추어 선 택배회사차량과 마주할 수 있었다.

철컹!

"보스, 일단 타십시오. 시간이 별로 없습니다. 경찰들이 시내 전역을 뒤지고 있어요."

"알겠어."

태하를 따르는 동료들과 함께 그는 특장칸에 올랐고, 제프는 택배회사 직원이 입고 다니는 유니폼을 입은 채 차를 몰았다.

특장칸에서 운전석으로 이어지는 구멍으로 고개를 내민 태하는 그에게 현재 상황에 대해 묻는다.

"경찰이 어디까지 진을 친 것 같아?"

"서울 전역이 꽉 막혔습니다. 게다가 인천 입구까지 봉쇄해서 답이 없습니다. 이렇게 되면 아무래도 인천으로 직접 들어가는 것은 어렵겠습니다. 배를 몰아주기로 한 선장에게 화성까지 오라고 전화를 해놓았으니 그곳에서 중국으로 가시지요."

"흠… 생각보다는 조금 오래 걸리긴 하겠군."

"그래도 경찰에게 붙잡혀 모든 것이 수포로 돌아가는 것보다는 낫지요."

"뭐, 그건 그렇지."

제프는 서울내부순환도로를 지나 경부고속도로로 진입했다.

경부고속도로를 지나 동탄, 오산IC를 거친 태하는 화성시 전곡항에 도착할 수 있었다.

쏴아아아—!

물때가 이제 막 밀물이라 서해바다에는 야광충들이 바다 인근을 수놓고 있었다.

태하는 그 물길을 따라 블루스카이 그룹의 소유로 되어 있는 개인 크루즈에 도착했다.

"휴우, 이제 거의 다 되었군."

"…정말 이제 우리는 자유인 겁니까?"

"중국까지 빠져나간다면."

"다행이군요……"

이미 출발 준비를 모두 마친 선장은 태하에게 중국으로 가는 항로에 대해 설명했다.

"원래는 다롄으로 빠져나가려 했습니다만, 목적지를 칭다오로 바꿔야 할 것 같습니다. 항로를 조정하다 보니 다롄으로 직접 가는 것이 불가능해졌거든요."

"괜찮습니다. 최대한 빨리 움직여만 주십시오."

"그건 걱정하지 마십시오. 신형 크루즈라 항해에 불편함은 없을 겁니다."

"그럼 부탁 좀 하겠습니다."

이윽고 태하는 크루즈선 지하에 마련된 선실로 일행들을 불러 모았다.

"일이야 어찌되었건 그곳에서 나왔으니 자유를 만끽하라고."

"술이 있나?"

"물론이지. 맥주부터 보드카까지 전부 다 있다."

"오오!"

"하지만 칭다오에 도착하자마자 움직여야 하니 너무 많이 마시지는 말라고."

"무, 물론이지!"

짧게는 한 달부터 5년까지, 다양한 기간 동안 감옥에 수감되어 있었던 그들은 오랜만에 맥주로 회포를 풀기로 했다.

＊　　　＊　　　＊

태하가 중국으로 향하고 있을 쯤, 라일라는 제노니스의 조직원들을 한자리에 모았다.

그녀가 모은 인력은 모두 700명으로 저번 제로니안 쿠데타에서 흡수한 세력에 나탈리아가 동원할 수 있는 조직원들을 합친 숫자였다.

이 엄청난 숫자의 조직원들은 에이마르 홀딩스가 최근에 인수한 초대형 페리를 타고 중국 난징으로 향하고 있었다.

쏴아아아아—

차가운 바람이 불어오고 있는 선미에 선 라일라가 망망대해를 바라보고 있다.

그런 그녀에게 에밀리아가 다가와 말했다.

"저번에 말씀하셨던 파나마 항공에 대해 알아보았습니다."

"그래?"

이윽고 고개를 돌린 그녀는 에밀리아가 건넨 보고서를 받았다. 그녀가 라일라에게 건넨 보고서에는 파나마 항공의 자금이 어디에서부터 출자되어 운영되고 있으며, 현 회장은 누구인지 상세히 나와 있었다.

파나마 항공—대주주 및 현 회장 : 김태형

라일라는 김태형이라는 이름을 너무나도 잘 알고 있었다.

"김태형이 파마나 항공의 대주주라는 것은 이 지분들이 대부분 아파린 투자신탁에 묶여 있다는 소리군?"

"예, 그렇습니다. 설공진 회장이 우리 회장님에게 위해를 가한 것인지는 알 수가 없습니다만, 단 하나 확실한 것은 이번 전쟁으로 우리는 또 하나의 단서를 확보할 수 있게 되었다는 것이지요."

"흠……."

만약 아파린 투자신탁이 태하의 집안을 위해한 것이 가담했다면 지금의 항해는 그 근본부터 잘못된 것이라고 할 수 있다.

하지만 이미 한 번 계보가 바뀌었던 정명회이기에 태하가 어떤 선택을 할지는 그의 손에 달렸다고 볼 수 있었다.

"일단 보스에게 이 사실을 알리고 어떤 선택을 하실지 하명을 받아보자."

"예, 알겠습니다. 그럼 이 사실을 먼저 제프에게 알리고 나머지 인원들은 모르도록 진행하겠습니다."

"그래, 그렇게 하라고."

이윽고 에밀리아는 태하에게 전화를 걸어 이 사실을 전달했다.

탈옥한지 삼 일이 지난 지금, 태하는 칭다오에서 난징으로 가는 버스에 올라 있었다.

태하와 동료들은 새로운 신분을 얻었기 때문에 별다른 일이 없다면 평생 이 사람의 이름으로 살아가게 될 것이다.

그들은 이제 다시 모습을 바꾸어버린 태하를 바라보며 넋을 놓고 있었다.

"정말… 방장이 맞아?"

"맞다. 나는 사실 천태수라는 사람이 아니고 김태하라는 이름을 사용하던 사람이다. 영국에선 카미엘 엑트린, 혹은 미카엘 엑트린으로 알려져 있지."

"그럼 이름이 네 개라는 소리야?"

"그렇다고 볼 수 있지."

태하는 동료들에게 자신의 존재를 가감 없이 드러내고 자신이 어째서 김정문을 살해하고 정성식까지 제거했는지 설명했다.

그러자, 그들은 이제 모든 퍼즐조각이 다 맞춰졌다고 생각했다.

"그래, 이제 모든 것을 이해할 수 있겠어. 어떤 미친 사람이 스스로 감옥에 들어가겠어? 다 이런 사연이 있었던 것이군."

"이해해주니 고맙군."

"아니, 이곳에 있는 그 어떤 사람도 똑같은 선택을 했을 거야. 물론, 탈옥까지 계획하고 그것을 실행에 옮기지는 못했을 테지만."

이윽고 태하는 감녕에게 아파린 투자신탁이 자신을 배신했던 배경에 대해 묻는다.

"나는 우태와 감녕, 너희가 우리 집안을 배신했던 무리와 한패라고는 생각하지 않는다. 만약 그랬다면 김태형이 너희를 버렸을 리가 없었을 테니까."

"…그래, 그것이 바로 불행의 시작이었지."

감녕은 그 당시의 상황을 태하에게 자세히 설명하기 시작했다.

"당시, 설공진 회장께서는 정명회의 창립 이래로 가장 큰 결단을 내리셨소. 그것은 바로 재벌가 대한그룹과의 합병이었지. 비공식적이긴 했지만 김태평 회장은 아파린 투자신탁을 설립하면서 우리를 회사의 내부 조직으로 끌어올렸소. 그 결과로 우리는 막대한 부를 축적하게 되었고, 김태평 회장은 자신이 가진 계열사들을 살찌울 수 있었소. 하지만 문제는 김태평 회장의 와병설이 나돌면서 조직이 조금씩 분열되기 시작한 후부터였소."

"흠……."

"견물생심, 사람의 욕심은 끝도 없는 법이오. 아파린 투자 신탁에 합류한 우리 정명회의 분파들 중 두 개가 점점 욕심을 부리기 시작했소. 그러다 결국 김태형과 손을 잡고 김정문까지 끌어들여 전쟁을 일으켰지. 그 이후엔 우리 중앙 본파가 산산이 부서지고 회장님께서 별세하시는 사태까지 이어졌소."

"한마디로 본파는 의리를 지키다 이 꼴이 된 것이군?"

"의리라기보다는 무모한 범죄에 가담하지 않기 위해 발버둥을 친 셈이오. 지금 우리가 가진 자금력만으로도 충분하다고 생각했었으니까."

설공진은 너무 큰 욕심을 부리다가 조직이 와해되는 것을 상당히 경계하였기 때문에 정계 인사와의 청탁은 한사코 거절해왔다.

하지만 그 휘하의 보스들의 입장은 그와 정반대였으니, 당연히 분열이 일어날 수밖에 없었을 것이다.

감녕은 자신이 알고 있는 사안들에 대해 추가로 설명했다.

"대한그룹 사태는 김태형이 블루문과 결탁하고 우리 조직을 와해시키면서부터 시작되었소. 그는 파나마 항공을 인수하고 그것을 이용하여 대형을 위해하였소."

"파나마 항공!"

"한마디로 지금의 정명회와 블루문이야말로 대한그룹 사태의 원흉이라고 할 수 있소."

"얼추 그림이 완성되는군……."

"하지만 나 역시 아직까지 이해가지 않는 구석이 하나 있소."

"그게 뭔가?"

"내가 알기론 중동 석유채굴에서 얻은 지분을 대한그룹이 영천에게 넘겼다고 들었소. 그런데, 이상한 것은 현재에는 그 자금이 전부 김정문과 제네럴 사로 흘러 들어갔다는 것이오."

"흠……."

리처드 라이너슨을 제거하면서 얻어냈던 정보 중에서 단 하나 빠진 것이 있었다면, 바로 제네럴 사에 대한 것이었다.

태하는 미국계 군수품 회사인 제네럴 사가 이번 사건과 과연 무슨 관련이 있다는 것을 어렴풋이 인지하고 있었다.

그런데 이상하게도 그 관련 사항이 도대체 무엇인지 알 수가 없었다.

"안 그래도 나 역시 제네럴 사에 대한 흑막을 벗기기 위해 노력했지만 알아낼 수 있는 것이 그리 많지가 않았지."

"내 생각엔 아마도 대한그룹의 현 회장과 무슨 관련이 있지 않을까 싶소. 어쩌면 대한민국 정계와 관련이 있을지도 모르겠고."

"흠……."

"아무튼 내 말을 믿어준다니, 고맙기 그지없구려."

태하는 고개를 가로저었다.

"만약 네가 의심스러운 사람이었다면 지금 이 자리에 있어
선 안 되는 일이다. 진즉 우태를 살해하고 도주했어야 맞는
일이지. 하지만 너는 이제 우태가 스스로 자신을 보호할 수
있게 될 때까지 그 곁을 지켰다. 그게 과연 무엇을 뜻하겠어?"

"고맙소……."

"거짓은 거짓을 부르는 법, 나는 정도를 걷는 무인인 당신
을 신뢰했었던 거야."

감녕은 태하에게 포권을 취한다.

척!

"앞으로 대형께 충성을 다하겠소! 부디 앞으로 나와 도련님
을 바른 길로 인도해 주시오!"

"물론. 앞으로 우리는 함께 이 험난한 세상을 헤쳐 나가게
될 거다. 그 여정에는 감녕, 당신의 도움이 절실히 필요해."

"여부가 있겠소!"

감녕은 이제 태하의 부하를 자처하게 되었고, 태하는 정명
회에 대해서 가장 잘 아는 사람을 얻게 된 것이다.

10. 종결, 그리고 시작

　영천은 늦은 밤 서울 그랜드 호텔 스카이라운지에 올라 홀로 술을 마시고 있었다.

　꿀꺽!

　"제기랄!"

　높은 도수의 보드카를 단숨에 목구멍으로 넘긴 그는 몇 번이고 들여다보았던 서울서부교도소 탈주 기사를 곱씹고 있다.

　탈주자 명단에는 그가 제거하려 노력하고 있었던 우태와 감녕의 이름이 적혀 있었고, 지금 그들은 행방불명이라고 했다.

　그렇다는 것은 이들이 멀쩡히 살아서 중국으로 되돌아갔

을 가능성도 낮지는 않다는 소리였다.

그는 머리가 아픈지, 자꾸 관자놀이를 꾹꾹 눌렀다.

"…또 시작이군."

영천은 스트레스가 극에 달하게 되면 계속해서 관자놀이를 누르는 습관이 있는데, 이렇게 하면 깨질 것 같은 두통이 조금은 줄어드는 느낌이 들었다. 하지만 여전히 스트레스의 근원은 해결되지 않았기 때문에 한동안 두통은 계속될 것이다.

한 손에는 술잔을, 한 손으로는 머리를 부여잡고 있던 그에게 전화 한 통이 걸려왔다.

지이잉―

"영천이다."

―보스, 큰일입니다!

"큰일?"

―지금 정명회 본부와 한국지부가 마피아들에게 공격을 당하고 있습니다!

"뭐라?"

심장을 토해내듯 소리친 그는 당장 자리에서 일어나 스카이라운지를 나선다.

"일단 최대한 막을 수 있는 데까지 막아라!"

―…채 10분도 버티기 힘들 것 같습니다! 지금 조직력이 분산되어 있던 터라…….

"이런 빌어먹을!"

영천은 조직을 흡수하는데 있어 자신에게 필요하지 않은 세력들은 전부 척결해 버렸다. 더군다나 우태와 감녕을 잡기 위해 꽤 많은 인력을 한국으로 보낸 상태였다.

한마디로 지금 그에게 남은 병력은 채 절반도 안 되는 수준이라는 소리다. 하지만 그 정도 인원이라곤 해도 본부가 타 세력에게 침공을 당했다는 것은 도저히 믿을 수 없는 일이었다.

"젠장, 젠장!"

머리가 깨질 듯이 아파오는 영천, 그런 그에게 한 무리의 청년들이 다가왔다.

"어이, 영천 씨."

"…누구냐?"

"같이 좀 가야겠소."

"건방지군. 내가 누구인 줄 알고 이렇게 오만방자하게 구는 것이냐!"

"후후, 잘 알지. 이제 우리에게 두들겨 맞아 고깃덩어리가 될 노인네 아닌가?"

그들은 주머니에서 중형 나이프를 꺼내들어 영천의 허벅지와 어깨를 찔렀다.

"크헉!"

"우리는 CCTV 따위를 두려워하는 아마추어가 아니다. 그러니 어지간하면 닥치고 조용히 따라오는 것이 좋아."

"이런 우라질⋯⋯!"

영천은 어쩔 수 없이 청년들의 손에 이끌려 스카이라운지를 벗어났다.

같은 시각, 태하는 라일라가 이끌고 온 제노니스 조직원들과 함께 정명회의 심장부를 타격하고 있었다.

콰앙!

"크헉!"

"조무래기들은 대충 묶어 두고, 윗선들은 밧줄로 묶어라."

"예, 보스!"

새벽녘에 쳐들어온 태하를 막아내기 위해 동분서주했던 정명회 조직원들이었으나, 네 시간동안 각개격파를 당해 세력이 흩어진 그들이 제노니스를 막아내기엔 역부족이었다.

라일라는 정명회에 대해 뒷조사를 벌이고 지금이 가장 세력이 약해졌다고 판단하여 공격 시기를 잡은 것이었다.

그녀의 판단은 아주 정확했고, 이제 정명회는 그 세력을 잃고 제노니스에게 흡수될 터였다.

태하는 하부 조직원들을 제외한 중간보스 50명을 잡아들이고 한국에 있는 보스 영천을 중국으로 끌고 오도록 지시했다.

"놈은 죽이지 말고 살려서 데려와라."

"예, 보스."

이제야 그는 자신의 복수가 조금씩 윤곽을 잡아감을 느꼈다.

'조금만 기다려라, 내가 간다!'

$*$ $*$ $*$

태하가 동원한 조직력에 의해 정명회는 단 이틀 만에 심장부를 빼앗겨 제노니스에게 흡수되는 수순을 밟게 되었다.

정명회의 심장부라고 할 수 있는 난징 오티피아 빌딩 지하 밀실에는 전 보스이자 반정의 주모자인 영천이 갇혀 있었다.

태하는 피 떡이 되어버린 영천에게 물었다.

"다 끝났다. 곱게 죽고 싶거든 바른 대로 말하는 것이 좋아."

"젠장… 김태하, 네가 아직 살아 있을 줄은 꿈에도 몰랐군."

"운명은 그리 쉽게 바뀌는 것이 아니다. 하지만 바꾸고자 마음만 먹는다면 얼마든지 바꿀 수 있는 것이지."

태하는 그에게 파나마 항공에 대해 물었다.

"듣기론 네가 나의 계좌를 도용하고 파나마 항공을 인수해 사건을 조작했다고 하더군. 맞나?"

"……"

영천은 여전히 입을 열 생각이 없는 듯했고, 태하는 그에게 회유책을 꺼내 들었다.

"지금 입을 열면 최소한 죽이지는 않겠다. 또한, 네가 평생 먹고살 수 있을 정도로 풍족한 자금을 약속하지."

"……."

"입을 열 생각이 없나?"

"…썩어도 준치라는 말이 있다. 나 역시 한 조직의 수장이었던 사람으로서 그런 기밀들을 함부로 발설할 수는 없지."

"그래? 잘 들어라. 네가 지금 이렇게 자존심 하나만 믿고 까불다가는 평생 불구로 구걸이나 하면서 살아야 할 것이다."

"……."

"생각은 해봤나? 죽을 때까지 바닥을 기며 살아가는 생활을 말이야."

스릉!

그는 영천의 앞에 나이프를 꺼내들었고, 그것을 허리춤에 가져다 댔다.

"이것이 네 허리를 뚫고 지나가는 순간, 너는 하반신 마비가 올 것이다. 물론 성욕도 살아 있고 식욕도 모두 다 살아 있겠지. 하지만 재산을 전부 다 몰수당한 네가 그 모든 것을 충족시키면서 살아갈 수 있을까?"

"……."

"또한, 네 가족들 역시 같은 방법으로 거리에 나앉게 될 것이다. 한번 상상해봐. 가족들이 줄줄이 병신 꼴로 구걸이나

하면서 살아갈 것을 말이야."

"…뭐, 뭐라!"

태하는 그에게 처자식이 묶인 채 갇혀 있는 사진을 건넸다.

"이게 바로 네가 직면한 작금의 사태인 것이다. 잘 생각해야할 거야. 나는 너희를 구걸하기도 힘든 에티오피아에 던져놓고 뒤도 안 돌아보고 떠날 것이다. 그 이후엔 공항에서 푼돈이나 벌어먹다가 굶어죽겠지."

"……."

"선택은 자유다. 하지만 책임 역시 네가 지는 것이지."

영천은 그제야 모든 것을 체념했다.

"후우… 담배 한 대 피울 수 있겠나?"

"얼마든지."

속이 타는 순간이면 그 어떤 누구라도 담배를 찾게 된다.

영천은 태하가 건넨 담배를 입에 꼬나물고는 이내 과거의기억을 더듬기 시작했다.

"내가 처음 김태형과 손을 잡게 된 것은 3년 전일 것이다. 그때의 김태형은 뭔가 말로 형언할 수 없을 정도로 깊은 분노에 가득 차 있었어. 그가 말하길, 내가 정권을 잡고 조직을 이끌게 해줄 테니 자신과 함께하자고 하더군."

"하지만 지금은 놈이 조직을 잡아먹으려 안달이 나 있지."

"그래, 그게 가장 큰 문제였어. 그는 야망이 너무 큰 나머지 이성을 잃어버렸다. 그래서 나 역시 그와 연을 끊으려 했어."

"하지만 어째서 그와 끝까지 결탁하게 된 것인가?"

"…돈 때문이 아니겠나?"

"이런……."

"세상은 결국 돈 때문에 돌아가게 되는 것이다. 사람 나고 돈 났다는 말이 있긴 하지만, 어디 그게 말처럼 쉽게 들어맞는 소리인가?"

영천은 자신이 결국 이렇게 된 것이 거액의 돈 때문이라고 설명했다.

"내가 처음 블루문과 결탁해서 후계 구도를 바꾸는데 동의한 것도 전부 한국계 대부업에 진출하기 위해서였다. 한국계열 자금을 유통시키면 중국은 물론이고 동남아까지 진출하는데 전혀 문제가 없거든."

"하지만 지금은 그마저도 어렵게 된 것이군?"

"…설마하니 김태형, 그 개자식이 나를 배신할 줄은 꿈에도 몰랐으니까."

김태형은 자신이 대한그룹의 중역이 되고 난 후에 영천을 아파란 투자신탁의 오너로 세워주겠다고 회유하고 뒤통수를 친 것이다. 그러니까, 한마디로 영천 역시 그의 농간에 놀아나 낙동강 오리알 신세가 되어버린 셈이었다.

"인간사 새옹지마란 말이 있지만… 나에겐 해당되지 않는 말이 것 같아."

"좋게 생각해. 지금이라도 회장자리 내놓고 낙향한다면 남부럽지 않게 살 수는 있잖아? 잘못하면 태형, 그 자식에게 모든 것을 다 빼앗기고 진짜 노숙자가 될 수도 있었다."

"뭐, 좋게 생각하면 그렇게 해석할 수도 있겠지."

이제 태하는 그에게 제네럴 사에 대한 질문을 던졌다.

"좋아, 그럼 마지막으로 묻겠다. 제네럴 사와 이번 사건은 도대체 무슨 관련이 있는 것이지?"

"제네럴 사는 네 가족이 몰살당하는데 가장 큰 핵심이 되었던 뒷배다. 그 안에는 어떤 놈들이 속해 있는지 아무도 몰라. 심지어 한국계 정보 조직인 국정원도 엮였다는 소리도 있어."

"국정원이?"

"자세한 것은 나도 모른다. 하지만 확실한 것은 제네럴 사가 단순히 대한그룹 회장을 바꾸기 위해 이번 사건을 계획한 것은 아니라는 소리지."

"흠……."

단순히 김충평이 뒷돈을 써서 제네럴 사를 움직였다고 생각한 태하는 자신의 생각이 잘못되었음을 깨달았다.

"그럼 지금까지 내가 쫓고 있던 사람들은 그저 빙산의 일각에 불과하다는 것이군."

"당연한 소리다. 나를 비롯해 그 어떤 사람도 제네럴 사의 흑막에 대해 자세히 알지 못해. 김충평을 잡아들인다면 몰라도, 지금 당장 그럴 힘을 가진 사람이 과연 얼마나 되겠어?"

"그렇군."

이번에는 영천이 태하에게 물었다.

"그나저나 조직을 흡수하고 났다고 해도 아파린 투자신탁의 지분은 김태형에게 넘어가 있다. 그를 어떻게 처리할 것인가?"

"도둑놈에겐 사기가 적당하지 않겠어?"

"사기?"

"그래, 사기. 네가 뒤통수를 맞았듯이 놈도 한번 제대로 뒤통수를 맞아봐야 정신을 차리겠지."

영천은 더 이상 깊게 알려 들지 않는다.

"뭐, 모든 것은 이제 신만이 알아서 하겠지."

"후후, 이제야 달관한 것인가? 모든 것을 말이야."

"…더 이상 이곳에 앉아 있는 것도 불편하군. 내가 뭘 어떻게 하면 풀어줄 것인가?"

"네가 가진 지분을 모두 넘겨라. 그리고 나면 프랑스에 있는 안전 가옥으로 보내주겠다. 그곳에서 사설 경호원을 고용하든 조직을 다시 꾸리던, 그것은 네 자유다."

"난 조직을 꾸리지 않을 것이다. 그게 이 바닥의 룰이야."

"뭐, 그거야 네 좋을 대로 하는 것이고."

영천은 태하에게 명의 이전에 필요한 서류들을 요구했다.

"깔끔하게 끝내자. 더 이상 이 일에 관련되기는 싫어."

"물론이다."

이것으로 태하와 영천의 관계도 깔끔하게 정리될 것이다.

*　　　*　　　*

체코 프라하의 한 레스토랑.

따다다다단—

고즈넉한 클래식 기타소리가 울려 퍼지는 이곳은 화덕피자와 닭고기 요리로 유명한 곳이다.

노을빛 낀 식당의 테라스에는 여유로운 자세로 앉은 한 청년이 식사를 즐기고 있었다. 그의 머리카락은 전체적으로 붉은빛이 도는 금발이었지만 눈동자는 은색이 섞인 청안이었다.

동양인도 아니고 서양인도 아닌, 그는 마치 전혀 새로운 인종을 보는 듯한 착각이 들게 만들었다.

그런 그에게 한 여인이 다가와 말을 걸었다.

"마스터, 찾았습니다."

"……"

말없이 그녀에게로 고개를 돌린 청년은 슬그머니 미소를 지었다. 그런 그에게 그녀는 사진과 함께 서류 한 장을 건넸다.

"이름은 김태하, 1년 전 사망한 것으로 공식 발표가 되었지요."

"이분이 바로……"

"예, 그렇습니다."

청년은 태하의 사진을 뚫어져라 쳐다보면서 말했다.

"DMS그룹에서는 알고 있나?"

"아직은 모르는 것 같습니다. 다만, 지금 에이마르 홀딩스와 정명회가 그분께 넘어간 것이 공식화되었을 뿐입니다."

"그렇군."

그는 서류를 잡은 손에 살며시 힘을 주었고, 그 즉시 서류가 불에 타 없어졌다.

화르르륵!

이윽고 자리에서 일어선 청년이 말했다.

"드디어 때가 왔군. 가자."

"예, 마스터."

두 사람은 이윽고 식당가를 나서기 위해 걸음을 옮겼다.

『도시 무왕 연대기』 4권에 계속…

초대형 24시 만화방

신간 100%, 샤워실, 흡연실, 수면실(침대석), 커플석, 세탁기 완비

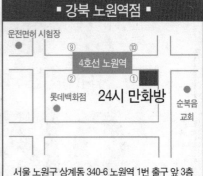

▪ 강북 노원역점 ▪

서울 노원구 상계동 340-6 노원역 1번 출구 앞 3층
02) 951-8324 (화용빌딩 3층)

▪ 일산 정발산역점 ▪

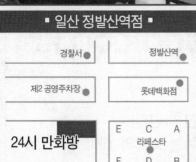

라페스타 E동 건너편 먹자골목 내 객잔건물 5층
031) 914-1957

▪ 일산 화정역점 ▪

경기도 고양시 덕양구 화정동 984번지 서일빌딩 7층
031) 979-4874 (서일사우나 건물 7층)

▪ 부천 역곡역점 ▪

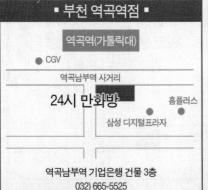

역곡남부역 기업은행 건물 3층
032) 665-5525

▪ 부평역점 ▪

(구) 진선미 예식장 뒤 보스나이트 건물 10층
032) 522-2871

FUSION FANTASTIC STORY

탁목조 장편 소설

천공기

탁목조 작가가 펼쳐 내는 또 하나의 이야기!

『천공기』

최초이자 최강의 천공기사였던 형.
형은 위대한 업적을 이룬 전설이었다.
하지만 음모로 인해 행방불명되는데······.

"형이 실종되었다고
내게서 형의 모든 것을 빼앗아 가?"

스물두 살 생일,
행방불명된 형이 보낸 선물, 천공기.
그리고 하나씩 밝혀지는 진실들.

천공기사 진세현이 만들어가는 전설이 시작된다!

Book Publishing CHUNGEORAM

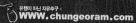
유행이 아닌 자유추구 -
WWW.chungeoram.com

니콜로 장편 소설

FUSION FANTASTIC STORY

마왕의 게임

『경영의 대가』, 『아레나, 이계사냥기』
니콜로 작가의 신작!

『마왕의 게임』

마계 군주들의 차열한 서열전
궁지에 몰린 악마군주 그레모리는 불패의 명장을 소환하지만…….

"거짓을 간파하는 재주를 지녔다고?"
"그렇다, 건방진 인간."
"그럼 이것도 거짓인지 간파해 보아라."

"―나는 이 같은 싸움에서 일만 번 넘게 이겨보았다."

e스포츠의 전설 이신, 악마들의 게임에 끼어들다!

Book Publishing CHUNGEORAM

유행이 아닌 자유추구 -
WWW.chungeoram.com

멱운 장편 소설

FUSION FANTASTIC STORY

전공 삼국지

2세기 말 중국 대륙.
역사상 가장 치열했던 쟁패(爭覇)의
시기가 열린다!

중국 고대문학을 공부하던 전도형,
술 마시고 일어나니 도겸의 둘째 아들이 되었다?

조조는 아비의 원수를 갚으러 쳐들어오고
유비는 서주를 빼앗으려 기회만 노리는데……

"역시 옛사람들은 순수하다니까.
유비가 어설픈 연기로도 성공한 데는 다 이유가 있지, 암."

**때로는 군자처럼, 때로는 효웅처럼!
도형이 보여주는 난세를 살아가는 법!**

Book Publishing CHUNGEORAM

유행이 아닌 자유추구-
WWW.chungeoram.com

이경영 판타지 장편소설

FANTASY FRONTIER SPIRIT

그라니트
용들의 땅
GRANITE

사고로 위장된 사건에 의해 동료를 모두 잃고 서로를 만나게 된 '치프'와 '데스디아'.
사건의 이면에 상식을 벗어난 음모가 있음을 알게 된 둘은
동료들의 죽음을 가슴에 새긴 채 각자의 고향으로 돌아간다.
2년 후, 뜻하지 않게 다시 만난 두 사람은 동료들의 복수를 위해
개척용역회사 '그라니트 용역'을 설립해 다시금 그 땅을 찾게 되는데……

용들이 지배하는 땅 그라니트!
그곳에서 펼쳐지는 고대로부터 이어지는 운명적 만남,
깊어지는 오해, 그리고 채워지는 상처.

『가즈 나이트』시리즈 이경영 작가의 미래형 판타지 신작!

Book Publishing CHUNGEORAM

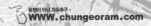
유혈이 아닌 자유추구 -
WWW.chungeoram.com

니콜로 장편 소설

FUSION FANTASTIC STORY

마왕의 게임

『경영의 대가』, 『아레나, 이계사냥기』
니콜로 작가의 신작!

『마왕의 게임』

마계 군주들의 치열한 서열전
궁지에 몰린 악마군주 그레모리는 불패의 명장을 소환하지만…….

"거짓을 간파하는 재주를 지녔다고?"
"그렇다, 건방진 인간!"
"그럼 이것도 거짓인지 간파해 보아라."

"―나는 이 같은 싸움에서 일만 번 넘게 이겨보았다."

e스포츠의 전설 이신, 악마들의 게임에 끼어들다!

Book Publishing CHUNGEORAM

유행이 아닌 자유추구 –
WWW.chungeoram.com